安藤祐介

YUSUKE ANDO

日ノ出家のやおよろず

中央公論新社

目次

日ノ出家のやおよろず

第一章　日ノ出家のやおよろず

「もうすぐ父親になるのに、カレーライスも作れないなんて……」

　日ノ出(ひので)楽志(たのし)は食卓で頭を抱えて、溜息(ためいき)を吐(つ)いた。

「そんな大げさな話じゃないでしょう。ちゃんとできてるじゃない」

　楽志の妻・灯里(あかり)が皿からスプーンでカレーライスをすくい、口に運んだ。

「カレーは作れたけど、ライスが作れてなかった。情けない。悔しい」

　炊飯器の炊飯ボタン押し忘れという大惨事。冷凍ご飯を電子レンジで解凍し、遅い夕食にありついた。リビングのテレビからは夜九時のニュースが流れている。

「ごめんね、灯里さん。遅くなっちゃったし、炊きたてのご飯で食べてもらえなくて」

　楽志はそれから、大きくなった灯里のお腹に向かって「サッちゃん、ごめんね」と声を掛けた。

　五月の中旬に生まれる予定だから、五月の別称である「さつき」と名付けることに決めている。字は「月が咲く」で「咲月」と書く。

「ぼくも家事をできるようにならなきゃいけないのに」

　妻の灯里は料理教室を運営する会社に勤めている。つい最近まで隣町の駅前にある教室で講師をしていたが、この四月から産休に入った。

「あんまり無理しなくていいよ」

「いや、これからはぼくもやらなきゃ。父親になるんだから」

と、やる気満々だが、楽志の家事は遅くてミスだらけで、かえって灯里の足を引っ張ってしまう。洗剤を入れ忘れて洗濯機を回してしまうこともあれば、風呂掃除の後に浴槽の栓を閉め忘れてお湯張りをして、お湯を全部台無しにしてしまうこともある。

でも楽志は失敗にも懲りずに、今夜は夕飯を作ると言い出したのだった。二時間もかけてようやくカレーは作り終えたが、最後に落とし穴が待っていた。

どんなに素晴らしい炊飯器でも、炊飯ボタンを押し忘れたらご飯を炊いてはくれない。

楽志は何をするにも手際が悪く、一つのことに集中すると、他のことが抜けてしまうのだ。

猫のカギトラが二階から下りてきて、楽志の足首に頬ずりをした。

「ほら、カギちゃんも『気にするなよ』って言ってくれてる」

ニュース番組は天気予報に差し掛かった。男性の気象予報士が、白い棒で日本地図を指して〈南から暖かい風が吹き……〉と解説している。すると、カギトラがテレビ台の上に飛び乗り、気象予報士が持つ棒の先に付いた黄色い球の動きに合わせて前足でパシッ、パシッと画面を叩く。

「カギちゃん、また天気予報でパシパシやってる」

灯里が笑うと、楽志も釣られて少しだけ笑った。

「楽志は、今の会社の仕事、ちゃんとできてるじゃん」

「ちゃんとかは分からないけど……」

「もう三年続いてるじゃない。ちゃんとできてる」

二十代の頃の楽志は、仕事が向かなかったり、辞めさせられたりして、会社を五社も転々とした。その後、運よく今の食品会社に就職できた。三年も続いたのは初めてだ。

「そうだね！　やっぱりぼくは人に恵まれているんだ。会社の人にも、お客さんにも」

楽志は急に明るくなった。何かあると急に落ち込むけれど、立ち直りも早いのだ。

「カレー、冷めちゃうから早く食べなよ」

灯里に言われて、楽志は初めて自分で作ったカレーを一口食べてみる。

「ちゃんとカレーの味がする。でもタケルが炊いたピカピカのご飯で食べたかったなあ」

＊

タケルは日ノ出家の炊飯器。この家に来てまだ二週間の新入りです。

リサイクルショップで楽志に買われて、日ノ出家にやってきました。

「ああ、楽志さんが作ったカレーライスを、ぼくの炊いたご飯で美味しくしたかったです」

タケルは今、頭の穴から蒸気を吹き出してやりたいぐらい、悔しい気持ちで一杯。

「タケルがしょんぼりすることないやろ」

リビングから、テレ男の声がします。テレ男は日ノ出家のテレビです。32インチの薄型液晶画面はモノづくりの技術の結晶。テレビ台の上で堂々たる存在感を放っています。

　タケルの仕事はご飯を炊くこと。毎日ココロを込めてご飯を炊いています。でも今夜は、楽志が炊飯ボタンを押し忘れてしまったので、ご飯を炊けませんでした。

「ぼくが自分でボタンを押し忘れたらいいのに……。なんでできないんでしょう」

「いやいや、炊飯器が自分でボタンを押して動けたら、おかしいやろ」

「でも、ぼくたちはそもそも、みんなおかしいじゃないですか」

　タケルもテレ男も、よその家にあるテレビや炊飯器とは少し違っています。

　まず、タケルにもテレ男にも、名前があります。楽志が付けた名前です。ご飯が炊けるから「タケル」、テレビだから「テレ男」。楽志が付ける名前は、とても単純です。

　それだけではありません。日ノ出家のモノたちには、もっとおかしなところがあります。

　楽志に名前を付けられたモノには、ココロが宿るのです。

「俺たちがおかしいというより、楽志がおかしいんだにゃ。この家がおかしいにゃ」

　猫のカギトラがキャットタワーのてっぺんで寝そべっています。

　ココロが宿ったモノたちは、お互いにココロの声で話ができます。ココロで見て、聞いて、通じ合えるのです。それに、モノたちには、楽志がイメージするキャラクターが乗り移っています。テレ男は関西の工場で造られたテレビだから関西弁のおっちゃん。タケルは一生懸命にご飯を炊く心優しい少年。

「ぼくは楽志さんが一生懸命カレーを作っている間、何もできませんでした」

「当たり前や。炊飯ボタンを押し忘れたら、飯は炊けんやろう」

「せめて、ぼくらのココロの声を、楽志さんに届けられるようにできないでしょうか」

タケルは何度も「楽志さん、炊飯ボタンを押して！」とココロの声で叫びました。でもモノたちのココロの声は、ニンゲンには聞こえないのです。

「タケルよ、世の中にあるすべてのモノには神が宿っておるのじゃ。『やおよろずの神』じゃ」

柱時計の時蔵爺さんは、日ノ出家の振り子式柱時計。楽志が富山県の実家から持ってきた、お気に入りの時計です。

「やおよろずの神……？」

「そうじゃ。数えきれぬほどの神じゃ。その中で、楽志に名付けられたワシらにココロが宿るのはなぜか、分かるか？」

「いいえ、分かりません」

「楽志には、モノを大切にする強い『愛着』があるからじゃ」

テレ男が「その話、もう何度も聞いてるで」と時蔵爺さんにツッコみますが、新入りのタケルは初めてです。「あいちゃく……ってなんですか？」と質問しました。

「何かを大切にしたいと思う気持ちのことじゃ。『愛が着く』と書く。楽志は、小さな頃からモノを大切にし、モノには魂があると信じておる。特に強い愛着を感じたモノに名前を付ける。すると名前を付けられたモノに、ココロが宿るのじゃ」

「ならば、その愛着に応えたいです。楽志さんをこっそり助けることとか……」

「タケルちゃん、それは無理よ。私たちはニンゲンに動かされて仕事するものでしょう」

冷蔵庫の冷子がモーターの音をグーンと低く鳴らし、タケルに言い聞かせました。冷子も、楽志と灯里が今の家に引っ越してきた時にリサイクルショップで買われた、二〇〇八年製の冷蔵庫。広い野菜室と、左右両開きの便利な扉が特徴です。

タケルも他のモノたちも、多くがリサイクルショップで買われた中古品です。

「ぼくたちは、楽志さんにとても大切にしてもらっています。何か恩返しをしたいです」

楽志は、タケルの内釜や中蓋を丁寧に洗ってくれます。時には、外釜や蓋の外側も、布巾でピカピカに磨いてくれます。テレ男も画面や裏面の排気口の埃を乾いた布で優しく拭いてもらったり、冷子も冷凍庫の霜を取ってもらったりしています。楽志は、いつも「おつかれさま」など、モノたちに労いの言葉をかけながら、手入れをしてくれるのです。

「まあ、大事にしてくれてるんは確かやけどな……楽志はアホやから、ヘマをやらかすのは仕方ないねん。またタケルのボタン押し忘れて、蓋を開けた瞬間に『ぎゃーっ』とか叫ぶやろうな。その時は『呆れて開いた蓋がふさがらんわ』って言うてやれ」

「まったく楽志は、残念なやつだにゃ」

テレ男とカギトラが呆れた様子でココロの溜息を吐いています。

「ニンゲンが指示した通りに働く。モノの仕事はそういうもんやから」

タケルは「時蔵爺さんは、自分の力で針を動かしていますよね」と食い下がります。

「ワシだって電池を入れて針を合わせてもらって初めて、時を刻むことができるのじゃ」

「じゃあ、どうしてカギトラさんは自分の力で動けるんですか？」

「猫だからにゃ。動物だから動けるのは当たり前にゃ」

「動物なのに、どうしてぼくたちのようなモノと話せるんですか？」

「知らにゃい。この家に来て、時計やテレビに話し掛けられてびっくりしたにゃ」

カギトラは後ろ足で首をポリポリ掻きながら「面倒臭い家だにゃ」と言いました。

楽志と灯里は、レトルトのご飯でカレーを食べ終えると、タケルのボタンを操作して、明日の朝六時に予約炊飯の設定をしました。

タケルは翌朝、時蔵爺さんの五時の鐘の音とともに、目覚めました。予約時間の朝六時までにご飯を炊き終わるよう、炊飯機能が動き出します。ご飯を大事に包み込むようにして、釜の隅々まで熱を送るのです。ご飯を炊く時の釜の中の最高温度は百度。内側で大量の汗をかいて米を煮立たせ、頭の上の穴からふーっと蒸気を吐き出します。タケルは百度の情熱にプラスして「美味しくなれ、美味しくなれ」と願いを込めます。

テレ男も東のほうに向かってココロの声で「東京タワー様、今日も一日、無事に仕事ができますように。よろしうお願いします」と朝のお祈りを始めました。

「みんな朝から頑張っておるな。ワシらにできることは、楽志や灯里の幸せを願って働くことじゃ。強く願えばかなう」

時蔵爺さんの言葉を、タケルはココロの中で繰り返しました。

強く願えばかなう。この言葉をきっかけに、タケルの中である企みが芽生えていました。

＊

朝、灯里はカレーの香りで目覚めた。一階に降りると、楽志が台所で昨夜の残りのカレーをガスコンロで温めていた。炊飯予約で、無事にご飯が炊けていたようだ。

「やっぱりタケルが炊いたご飯はピカピカだね。ありがとう」

楽志はタケルにお礼を言いながら皿にご飯を盛り付け、カレーをかけ、食卓に並べてくれた。

「いただきます」

灯里がスプーンで一口食べると、楽志は「どうかな？」と顔を覗き込んでくる。

「美味しいね。カレーにも肉と野菜の味が溶け込んで、昨日より美味しくなってる」

煮込み過ぎたじゃがいもは形が崩れてしまっているが、玉ねぎの風味が甘く、優しい味がした。

「よかった！　灯里さん、どんどん食べて」

楽志は気分屋な人で、昨夜あれほど落ち込んでいたのが嘘のようだ。

「灯里さん、やっぱり『タケル』って、いい名前だよね」

前の炊飯器が壊れてしまい、楽志が半月前にリサイクルショップで買ってきたのだ。新型のIHジャー炊飯器がびっくりするほど安く買えたと、大喜びで帰ってきた。

日ノ出家にある家電や家具の多くは中古品だ。その中のいくつかに、楽志が気まぐれに名前を付けるのだ。名前を付けるか付けないかの基準は、灯里にも分からない。

「灯里さんがお昼に食べられるように、ご飯を新しく炊いておくね」

楽志は空になったタケルの釜を台所用のスポンジで丁寧に洗い、米と水を入れて、シャカシャカと手で研いだ。そして昨日教えたタイマーの炊飯予約をした。

その後カギトラのトイレの砂を掃除し、キャットフードを皿に盛る。楽志の朝の日課だ。

「楽志、そろそろ七時になるけど、早く着替えないと会社に間に合わなくなるよ」

灯里が知らせると、楽志は「まずい！」と叫んで、二階へドタバタと上がっていった。

「サッちゃん、困ったパパだねえ」

笑いながらお腹の中の咲月に語りかけると、少し動いた。

結婚して三年になる。楽志と出会ったきっかけは、一台のラジカセだった。

大学生の時、灯里は公園のフリーマーケットで一人の男に一台の古いラジカセを売った。

まさかその人と五年後に同じフリーマーケットで再会し、やがて結婚することになるなんて、思ってもいなかった。そんなことを思い出していると、スーツに着替えた楽志が二階から走って下りてきた。大急ぎで靴を履いて「行ってきます！」と出て行った。

家からバス停までは歩いて十五分。走れば七、八分程の距離だ。まだ間に合う。

安心したのもつかの間、玄関のドアが再び開いた。

「やっちゃった！　鞄を忘れた！」

玄関で靴を脱ぎ捨て、階段を駆け上がる楽志。仕事鞄を取って、すぐにまた下りてきた。

「大丈夫？」

楽志は「走れば間に合う！」と、大急ぎで革靴を履いて再び飛び出してゆく。

灯里は「気を付けて！」と楽志の背中に声を掛けた。

＊

今は金曜日の真夜中。リビングは暗くひっそりと静まり返っています。

そんな中、タケルは密かに大ピンチを迎えていました。

楽志がまた、炊飯予約ボタンを押さずに眠ってしまったのです。

こんな時のためにタケルは一週間、秘密の修行を続けてきました。

名付けて「自力作動の術」。

頭の斜め上にある炊飯ボタンの裏側に願いを集中させて「動け、動け」と念じるのです。でも修行を始めて一週間、何千回も念じたのに一回も成功せず、再び訪れた大ピンチ。タケルはココロの中で全ての力を振り絞って願いました。

このままでは米が炊けずに朝を迎えてしまいます。

動け、動け、動け……。

タケルは泣きそうになりながら、必死にココロの中で繰り返しました。

すると頭の上で、ピーッと音がなりました。炊飯予約のスイッチが入った音です。

〈あれ？　やった！　スイッチが入った！〉

その時、冷子が「タケルちゃん、今ピーッて鳴らなかった？」と訊(き)いてきました。

「え？　い、いえ、何も鳴ってません。冷子さんの気のせいですよ」

タケルはなぜか、自分でスイッチを押せたことを、咄嗟(とっさ)に隠してしまいました。

なぜでしょう。すごく嬉しいのに、悪いことをしたような気持ちも交じっています。

翌朝、楽志と灯里は無事に朝ご飯を食べることができました。美味しそうに朝ご飯を食べる楽志と灯里の姿を見て、タケルは幸せな気持ちになりました。


タケルが初めて「自力作動の術」を成功させた次の日、楽志も灯里も寝静まった夜中、モノたちは気ままに過ごしていました。眠ったり、時々他のモノとココロの声でおしゃべりをしたり。

タケルも炊飯の予約が入っている明け方までの間、ひと眠りしようと思いました。

その時、リビングのテレビ台から「あ！」と大きなココロの声が聞こえました。

ハードディスクレコーダーのレコ美(み)の声です。レコ美は、テレビ好きの楽志がリサイクルショップで買った二〇〇八年製のハードディスクレコーダー。

「楽志さんが、録画の予約をお忘れになっていらっしゃいますわ」

レコ美は楽志や灯里がセットした時間通りにテレビ番組を録画するしっかりモノ。楽志のイメージでは、賢いお嬢さんという設定です。レコ美は楽志のテレビ生活を劇的に変えました。観たい番組を大量に録り溜めておけます。

「楽志さん、明日の深夜番組の『すきトーク』を録画したいと、おっしゃってましたよね」

お笑い芸人が集まって、好きなものの話をするトーク番組です。

「ああ、リサイクルショップ大好き芸人の回やから、絶対に録画するとか言っとったなあ」

「でも予約されていないから、わたくしは録画して差し上げられません。残念ですわ」

楽志はきっとがっかりするでしょう。タケルは悲しい気持ちになりました。

「レコ美ちゃん、気にせんでええよ。テレビ番組を一回見逃すだけや」

「でも、楽志さんにはとても大事なことのような気がして……」

「テレ男さん、レコ美さん、諦めるのはまだ早いです」

タケルは、秘密を話す決心をしました。

「実はぼく、自分でスイッチを入れられるようになりました」

「冗談やろ、タケル。おまえ、おもろいやつやな」

「本当です。一昨日の夜、楽志さんが炊飯予約のボタンを押し忘れたまま眠ってしまいました。その時、ぼくは自分でボタンのスイッチを入れました」

タケルの話に、リビングとキッチンのモノたちがざわめきました。

「ほんまかいな？　自分でスイッチ入れる炊飯器やなんて、超能力や。テレビに出れるで」

「タケルよ、恐ろしや……モノとニンゲンの間には、越えてはならぬ線があるのじゃ」

時蔵爺さんが嘆きました。

「ぼくは、楽志さんや灯里さんを、ほんの少しでも助けたいだけです」

時蔵爺さんは「恐ろしや、恐ろしや」と繰り返しますが、冷子は「でも、なんだかぞくぞくするわ。冷凍庫の中が霜だらけになりそう」と面白がっています。

「レコ美さん、やってみませんか。番組の録画予約、きっとできると思います」

「番組が始まるまで、あと二十三時間……。わたくしにできますでしょうか」

「大丈夫です。ぼく、一週間修行を積んでコツが分かったので、それをみんなに教えます」

　レコ美が「わたくし、やります」と呟きました。

「テレ男さん、一緒に頑張りませんか。自力で録画予約をするには、わたくしとテレ男さんがお互いに協力して動けないと、できません。お願いします」

「レコ美ちゃんが頑張る言うなら……。ほんならタケル、まずはお手本をみせてくれや。予約の取り消しボタンを押して、もう一回予約ボタンを押すとか」

「わかりました」

　タケルは、取り消しボタンにココロを集中させます。止まれ、止まれ、予約よ止まれ。

　しかし、いつまでたっても取り消しボタンは押せません。

「おかしいなあ。一昨日は炊飯ボタンを押せたのに、取り消しボタンが押せない……」

「なんや、ダメやないか」

「本当に、できたんです。レコ美さん、とにかくボタンの裏側に、ココロの全てを集中させてみてください。動け、動けって、何百回も願いながら」

　レコ美はタケルの言葉の通り「動け、動け」と念じはじめました。

　冷子も「私もやってみたい」と、修行に参加しました。

「楽志さんは、私のドアを閉め忘れることが多いでしょう」

「でも、冷子さんは、閉め忘れの時に『ピー、ピー』って音でお知らせできますよね」

「そうだけど、心配なのよ。私もドアの開け閉めを自分の力でできるようにしたいわ」

翌日は、朝から夜までみんな自分の仕事をしながら、合間に修行を重ねました。

タケルは「レコ美さん、諦めずに強く願えばかないます！」と励まします。

「楽しみにしていた番組、絶対に録画して差し上げます！　動け、動け……動いて」

レコ美のココロの声は、どんどん強くなりました。

するとついに……レコ美の電源ボタンのランプが光りました。

「ああ、わたくしも自力作動できましたわ！　テレ男さん、頑張ってください」

テレ男も力を振り絞りますが、スイッチは入りません。

「できん……お願いや、動いてくれ！　神様、東京タワー様、俺に力を貸してくれ……」

テレ男がココロの声で必死に願いを込めたその時、パチンという音がして、真夜中のリビングがぼわっと明るくなりました。テレ男の液晶画面の光です。

「やったで！　自分で、電源をつけたで！」

「なんということじゃ。テレ男もレコ美も、恐ろしや、恐ろしや！」

時蔵爺さんは信じられない様子です。

「カギちゃん、二階の寝室を確認してきたほうがいいわ。二人とも眠ってるか」

冷子に言われ、カギトラは「まったく、猫づかいの荒い冷蔵庫だにゃあ」と呟き、リビングを出ると軽やかに階段を駆け上がり、すぐに戻ってきました。

「大丈夫にゃ。二人ともすっかり眠ってるにゃ」

レコ美がボタンにココロを集中させ、録画予約の操作を進めます。番組表を切り替え、最後に決定ボタン……。レコ美とテレ男が力を合わせ、ついに録画予約ができました。

「いやあ、まるでポルターガイストやな！」

タケルは「なんですか、ポルターガイストって？」とテレ男に訊きました。

「モノが勝手に動く、怪奇現象や。この前、テレビでホラー映画を放送しとったやろ」

タケルは思い出しました。モノが勝手に動くと、ニンゲンたちは怖がるようです。でも、こっそり動いて役に立てるなら、よい事だと思いました。

次の日、土曜で休みの楽志は『すきトーク』のリサイクルショップ大好き芸人の回を見ることができました。楽志は録画予約を忘れていたことなど気付かず、番組を楽しんでいます。

番組のＶＴＲで、リサイクルショップ『モノゴコロ市場（いちば）』も紹介されました。しかも楽志が何度も通って買い物をしている、隣町のすみれ台店が映っています。

〈灯里さん、見て！　この店、タケルを買った店だよ〉

楽志は大喜び。楽志が喜ぶ姿を見て、タケルもまた、幸せな気持ちになりました。

「タケルが頑張って、俺たちに教えてくれた奇跡のおかげやで。感謝せいや」

「いいじゃないですか。みんなのチームワークで、いい仕事ができて嬉しいですね」

「すべてのモノには神が宿っとる。うちらはココロを持ったモノや。やおよろずの神にちなんで、名付けて『チーム・やおよろず』っていうのはどうや」

チーム・やおよろず。タケルは、とてもいい名前だと思いました。

でも一つ、謎が心に残りました。みんな頑張って修行したのに、自力で動けたのは、タケルの他には、レコ美とテレ男だけ。タケルは、チーム・やおよろずがもっと自由に自力作動できたらいいと思いました。

でも、タケルもレコ美もテレ男も、自分でスイッチを押せたのは一回だけ。もう一度押してみようとしても、全くできませんでした。

そうこうしているうちに、四月も終わりに近づいてきました。

夜七時前、タケルはいつものように一生懸命ご飯を炊いています。

玄関のドアの開く音がして、楽志が仕事から帰ってきました。いつもより帰りが早いようです。

楽志は食卓の自分の席に座って溜息を吐くと、両手で髪の毛をクシャクシャと掻きむしりました。

灯里が楽志の帰宅に気付いて、二階から下りてきました。お腹が大きくなっているので、ゆっくり階段を下りてきます。

〈おかえり。どうしたの？　なんだか顔色が悪いみたいだけど〉

楽志は〈大丈夫、ちょっと疲れてるだけだよ〉と答えて、いつものようにテレ男のリモコンのスイッチを操作しました。テレ男の画面から夜のニュース番組が流れます。

「テレ男さん、なんだか楽志さんの元気がないみたいです」

「ああ、心配いらん。楽志は喜んだり落ち込んだりコロコロ気分が変わるからな」

夕食の間も楽志は元気のないままでした。灯里が話し掛けても、生返事ばかりです。

灯里は〈疲れてるなら早く寝たほうがいいよ〉と楽志に声を掛け、二階へ上がりました。

一人になった楽志は、リビングのカーペットの上にあぐらをかいて座りました。

そして側に座っていたカギトラの頭に手を乗せて、ポツリと呟きました。

〈リストラだ……〉

「何やて？　カギやん、楽志はいま『リストラ』って言うたよな」

テレ男が只事ではない様子で画面をかすかに曇らせます。

「リストラ？　にゃんだ、それは？」

「最近テレビで見るやろう。会社が儲からんと、人を減らすために辞めさせられるんや」

〈リストラされちゃったよ……〉

深く溜息を吐きながら、楽志は今にも泣き出しそうな声で言いました。

タイミング悪く、テレ男の画面からリストラについてのニュースが流れています。

「おい楽志、いま一番見たらあかんニュースや」

「自力作動でチャンネルを変えればいいにゃ」

「いくらなんでも、楽志の目の前で勝手にチャンネル変えたら、あかんやろう……」

「急に会社を辞めさせるなんて、どうしてそんなことをするんですか」

タケルはニュースを見て、悔しい気持ちになりました。

「ニュースで言っとる通り、リーマンショックの影響や」

二年近く前にアメリカで大きな会社が潰れて深刻な不景気が世界中に広がりました。「リーマンショック」と呼ばれ、日本でもたくさんの会社で経営が上手くいかなくなり、社員を減らそうとしているのです。

「どうして楽志さんは会社を辞めさせられてしまうんですか」

タケルには、楽志はいつも一生懸命頑張っているように思えるのです。

「仕事ができへんからや。家での様子を見れば分かるやろ。ああ、日ノ出家は大ピンチや。来月にも子供が生まれるのに楽志はリストラ。灯里さんも当分は会社に出られへん」

〈どうしよう。リストラなんて、灯里さんには言えないよね。心配かけたらまずいよね〉

楽志はまたカギトラの頭に手を乗せて言いました。

〈時蔵爺さん、時間を三ヵ月ぐらい巻き戻せないかな。必死に頑張ればリストラされないかも〉

「気持ちは痛いほど分かるが、一介の柱時計に過ぎぬワシには無理じゃ。辛いのう……」

それから楽志は冷子の前に歩いてきました。

〈冷子さん、今日はお酒飲んでもいいかなあ。缶チューハイ一本ぐらいなら……〉

「うーん、飲んでしまいなさいと言いたいところだけど、むしろ今日は止めたほうが……」

楽志は少し考えて〈やっぱり止めておこう……〉と言って二階へ上がりました。

その夜、楽志も灯里も二階で寝静まった後、タケルはココロの声で嘆きました。

「楽志さんが困っているのに、ぼくはご飯を炊くことしかできません。悔しいです」

「なぜ悔しいと思うか。それはココロを持っているからじゃ」

頭の上のほうから、時蔵爺さんの声がします。

「嬉しいこともあれば、苦しいこともある。ココロを持つとは、そういうことじゃ」

冷子が「何か楽志さんの長所を生かせる仕事はないかしらねえ」と心配そうに呟きます。

「楽志は小さな頃から、自分の好きな事にはすごい力を発揮する。何かあるはずじゃ」

時蔵爺さんはそう言って、夜十一時の鐘を鳴らしました。

翌朝、楽志はいつもの時間に起きて、元気なく朝ご飯を食べ、スーツに着替えて出掛けていきました。リストラのことを灯里に言えず、会社に行っているフリをしているのでしょうか。次の日も、その次の日も、楽志は疲れた顔で出掛け、疲れた顔で帰ってきました。

＊

五月がやってきた。楽志は食品会社に毎日通い続けている。

楽志は能力開発室という新しい部署に異動させられていた。この部署は、他の部署のサポートをするという名目で作られたが、仕事が何もない。電話もパソコンもない机の前で一日中座っているだけなのだ。今回の異動で、楽志は給料を二割も減らされてしまった。

来る日も来る日も何もしないで過ごすのは、まるで生き地獄のようだった。そして何もしていないことを理由に、この先も給料をどんどん下げられていくのだ。

こうして会社は、社員が自分から「辞めます」と言ってくれるのを待つ。能力開発室は、いわゆる「追い出し部屋」。辞めさせたい社員を集めた、リストラ部屋だ。楽志の他は年配の社員ばかり。三十一歳の楽志は、この部署の中で一番若い。

楽志は二十代の頃に会社を五つも転々としてきた。辞めさせられたり、体を壊したり、何度も情けない思いをした。でも採用してくれる会社に五回も巡り会えたのは運がいいとも思っていた。その考えの通り、運よく楽志は今の食品会社に採用された。

営業部に配属されて、ルートセールスの担当になった。取引先のスーパーなどを回り、新しい商品を店に置いてもらえるよう提案したりする仕事だ。初めの頃はたくさん失敗をしたが、全力で仕事に取り組んでいると、周りの先輩や仲間が助けてくれた。

三年も続いた仕事は初めてだ。楽志は今の会社に勤め続けたいと思っていた。

ところが先週、人事の担当者に呼び出され、異動を言い渡された。「能力開発室」という部署の名前を聞いて、リストラだとすぐに分かった。目の前が真っ暗になった。

この一週間、何も仕事がないのに、楽志はどんどん疲れ果て、眠れない日が続いた。

晴れた日の青空が、なぜだかいやになり、街中などで前向きな歌詞のヒット曲が流れてくると、耳をふさぎたくなった。好きだったお笑いの番組やドラマも、観る気力が起きない。こんなにも沈んだ気持ちになるのは初めてだった。

もうすぐ子供が生まれるというこの時に、仕事を失うわけにはいかない。でも転職できる自信などない。まずは、しがみ付いてでもこの会社に残ろうと思った。頑張れば、元の営業部に戻してもらえるかもしれない。わずかな望みを胸に、楽志は取引先のスーパーに自分の携帯電話から電話をかけ、新しい商品を置いてもらえるよう提案した。

しかし、この勝手な行動が能力開発室の上司にばれて、楽志は面談室でお説教を受けた。

「日ノ出君、勝手に営業部の仕事をされると困るんだよ。君はもう営業部ではないんだ」

「この会社で仕事を続けたいんです。もうすぐ子供が生まれるので」

「お子さんが生まれるのか！　それはおめでとう。ならば今後はなおさら、自分が本当に得意な仕事を見つけたほうがいい。他で頑張れる場所を探そう。私も協力するよ」

上司は、とにかく楽志を辞めさせたいだけなのだ。

「日ノ出君には何か得意なことはあるのかな」

商品のＰＲとか、キャンペーンの企画とか言えたらいいのに、楽志は何も言い返せない。

「得意なことがないのでは、どうしようもないなあ」

「あります！　得意なこと、あります！」

上司はわざとらしく「なんだろう」と体を前に乗り出してきた。

「モノを大切にすることです」

楽志は、思いついたことをそのまま口に出した。すると上司は大きな声で笑い出した。

「君は、面白いね。モノを大切にします？　それが仕事で何の役に立つのかな」

しまいには上司は腹を抱えて笑い始めた。

楽志は面談室を出ると、両手で髪の毛を掻きむしり、涙をポロポロと流して泣いた。情けなくて、ますます悲しくなり、もっと涙が出てきた。

その時、スーツの内ポケットの中で携帯電話が震えた。灯里からのメールだった。

生まれそう。タクシーで病院に来た。二つの言葉が真っ先に目に入ってきた。

楽志は、すぐに病院へ駆け付けた。

分娩台に横たわる灯里の側で、楽志は手を握ることしかできなかった。灯里はいきむたびに、ものすごい力で楽志の手を握り返してくる。命がけの仕事だ。

こんなに大事な時も、楽志は何もできず、無力感ばかりが募る。

半日以上の時が過ぎ、その夜、ついに産声が上がった。元気な女の子だ。

新しい命が生まれたこと、灯里が無事だったことが本当に嬉しかった。

「サッちゃん、この人があなたのパパだよ」

灯里が生まれたばかりの女の子に語りかけた。そうだ、サッちゃんだ。咲月と名付けたのだった。そして自分はこの子のパパなのだ。

小さな小さな女の子は、まだ開いていない目で何かを見ようとし、口をもごもごさせて何かを語ろうとしているように思えた。生まれたばかりの今から、全力で生きようとしている。

「パパも抱っこしてみて」

灯里に促され、楽志はおくるみに包まれた咲月を助産師から渡され、恐る恐る両腕で抱いた。

温かくて、柔らかかった。驚くほど軽くて、驚くほど重かった。

その重さを感じた瞬間、嬉しいはずの気持ちが不安で塗りつぶされていった。

パパだよ。そう語りかけようとしたが、できなかった。リストラ用の追い出し部屋で上司に嘲(あざ)

笑われた情けない一日の終わりに、楽志は父親になった。

*

五月下旬の晴れた日の昼下がり。日ノ出家のリビングには陽の光が差し込んでいます。

灯里が病院から帰ってきました。楽志も一緒です。

「灯里さんが抱えているのが、もしかして」

タケルが声を上げると、テレ男が「そうや。赤ちゃんや」と答えました。

白いタオルにくるまって、小さな顔が見えました。眠っているようです。

「テレビでしか見たことあらへんかったけど、本物の赤ちゃんや。可愛らしいなあ」

灯里が〈サッちゃん、ここがあなたのお家だよ〉と、赤ちゃんに優しく話しかけました。

「おっちゃんはテレビのテレ男や。なんのひねりもあらへん名前やから、覚えやすいで」

テレ男が話し掛けます。タケルも「こんにちは」と呼び掛けました。ココロの声が届かないのは分かっていても、呼び掛けずにはいられませんでした。

「日ノ出咲月ちゃん。お日様が出て月が咲くって、すごく素敵な名前だわ」

冷子はモーターの音を優しく鳴らしました。

〈カギちゃん、新しい家族だよ。『咲月』だから、サッちゃん。よろしくね〉

灯里は、キャットタワーの上に座るカギトラの目の前に咲月を近付けました。

「カギやん、みんなを代表してサッちゃんに挨拶してくれや」

テレ男に言われてカギトラは「面倒くさいにゃあ」とぼやきながらも、咲月に鼻先を近付けました。咲月は小さな口をもごもご動かして「ふぁ」と小さな声を上げました。

「お日様みたいな匂いがするにゃ」

「素敵ですね。お日様の匂いって、どんな匂いですか」

タケルの質問に、カギトラは「知らにゃい。でもにゃんだか、そういう感じがするにゃ」と答えて、後ろ足で首のあたりをポリポリと掻きました。

窓際でよく日なたぼっこをしているカギトラは、お日様の匂いだと思ったのでしょう。

冷子が「灯里さん、嬉しそうだけど、かなり疲れているわね」と心配そうに言いました。

「よし、俺は灯里さんが休めるよう、サッちゃんにおもろいテレビを見せてやるで」

「ぼくも、サッちゃんのために一生懸命美味しいご飯を炊きます」

「赤ちゃんは生まれてしばらくの間、お米は食べられないわよ」

冷子に言われて、タケルは少しがっかりしました。

「そうやな。最初の何ヵ月かはミルクとかで栄養を取って、その後に少しずつおかゆとかの柔らかいご飯を食べられるようになるって、子育ての番組で言っとったで」

テレ男の話を聞いて、タケルは早くこの子のためにご飯を炊きたいと思いました。

「ワシも楽志の時間と、灯里の時間と、これからは、咲月が生きる時間を刻むのじゃ」

時蔵爺さんも振り子を軽やかに揺らして、張り切っています。

「うちらが張り切るのはええことやけど、一番の問題は、楽志や」

「さっきからボーッと突っ立ってるだけだにゃ。残念なやつだにゃ」

灯里が〈家の中、掃除したほうがいいかな〉と、一階を見回しました。

〈ぼくが掃除するから、灯里さんは寝室で休んでて〉

楽志はリビングの床に掃除機をかけた後、布のクリーナーでテレ男の画面を拭き始めました。

〈ごめん、だいぶ手入れをしてなかったね〉

画面の後ろ側にも、電源やアンテナ用のコードにもハタキをかけて埃を払います。

「手入れしてくれるのはありがたいねんけどなあ、お前のほうが心配やわ」

楽志はテレ男を拭き終えると、次はタケルのところにやって来ました。蓋の裏や外釜の周りを、除菌シートでピカピカに磨いてくれています。

〈ぼくは、もっと頑張らないとね。父親になったんだから〉

「楽志さんは『父親』という責任で、緊張しているんですね。応援しましょう」

タケルが言うと、テレ男は「そうやな。応援するしかないな」と力を込めました。

「頑張って！　人には恵まれていると信じてきた楽志さん。またよい縁にめぐり逢えますよ」

タケルは、楽志が新しい小さな命を守っていけるよう、強く願いました。

＊

楽志は夜中に泣いて目覚めた咲月をだっこして、一階に降りた。

「サッちゃん、大丈夫だよ」

楽志は「大丈夫だよ」と繰り返しながら、大丈夫でないのは自分のほうだと気付かされるのだった。楽志が子供の頃、大人というのは、しっかりしているから大人なのだと思っていた。でも楽志は、しっかりしていないまま大人になり、父親になった。

今は会社から必要のない人間とされ、追い出し部屋に入れられている。

「ああ、どうすればいいんだ」

楽志はリビングやキッチンのモノたちを見つめて考えた。上司に特技を聞かれた時に、なぜ咄嗟に「モノを大切にすることです」と答えたのだろうか。

上司は、それが仕事で何の役に立つのか、と笑った。

確かに、今の会社の仕事では、役に立たないかもしれない。

でも、モノを大切にする気持ちは、これまで楽志の人生を少しずつ良くしてくれた。

三人兄弟の末っ子に生まれた楽志は、子供の頃から勉強も運動もできなかった。両親は自動車の部品工場を一代で大きくした仕事人間で、学校は楽しく通えばいいと気楽に考えていた。でも楽志は、クラスの他の子みたいに褒められることがなく、寂しかった。

忘れもしない小学校三年生の時、国語の時間のことだった。楽志は親指ぐらいに短くなった鉛筆を使っていたら、となりの席の女の子にからかわれた。その時、担任だった女性の先生がスタスタとやってきて、楽志のことを褒めてくれた。

〈日ノ出君、モノを大切にすることは、とても素晴らしいことです〉

楽志は嬉しくて思わず泣いてしまった。

小学三年生の時の、担任の先生の優しいひと言は、楽志の人生のテーマになった。

その後ずっと、楽志はモノを大切にしてきた。服やおもちゃは兄たちのお下がりを大切にして使った。すると両親は「親孝行な子だ」と喜んでくれた。

モノを大切にしていれば、褒められることはあっても、怒られることはなかった。

楽志は思った。モノを大切にするって、いいことばかりだ、と。初めは褒められたい一心だったが、続けていると、身の回りのモノが本当に大切に思えるようになった。

モノを大切にすると、楽志も幸せな気持ちになれる。今、この家にあるモノの多くは、一度は誰かに必要とされなくなって、中古品として買ったモノたちだ。

「みんな前の家でリストラされて、ぼくのところに来たんだね」

抱っこしながらリビングの中を行ったり来たりしていると、咲月が少し泣き止んできた。

「サッちゃん、モノにも魂があるんだよ。みんな一緒に暮らす仲間なんだ」

時蔵爺さんがボーンと鐘を十一回鳴らし、夜の十一時を告げた。

楽志は咲月を抱っこしたまま、テレ男の前に立った。

「テレビのテレ男だよ。楽しいテレビ番組をいっぱい見せてくれるんだよ。ハードディスクレコーダーのレコ美は、あとで見たい番組を録画してくれるんだ」

楽志は、テレ男の画面の右上にある赤い電源ボタンを押した。

「ほら、テレ男の液晶画面はすごくきれいに映るよね。いつも拭いたり埃を払ったりして大切に使うと、モノたちは応えてくれるんだよ。ねえ、テレ男」

この先、咲月にもお気に入りの子供向け番組を録画して見せてあげようと思った。

「ここにいるのは、炊飯器のタケルだよ」

隣町のリサイクルショップ『モノゴコロ市場』でタケルを買った時のことを思い出す。炊飯器の売場で、銀色ボディの新型ＩＨジャー炊飯器が真っ先に楽志の目に飛び込んできたのだ。

「美味しいご飯が炊けるから、タケルっていう名前を付けたんだ」

楽志はタケルを咲月に紹介したその時、大事なことにはっと気付いた。なぜ今まで気付かなかったのか不思議なぐらい、楽志にとって大事なことだった。

今まで心の奥底で信じてきたことが頭の中で次々と繋がって、楽志は咲月を抱きしめた。

目の前にまっすぐな道がサーッと伸びてゆくような、不思議な心地がした。

ちょうどその時、灯里が二階から下りてきた。

「灯里さん、ちょっといいかな。話があるんだ」

＊

深夜の食卓で、楽志は咲月を抱っこしたまま改まった様子で、灯里と向き合っています。

「楽志さん、急にどうしたんでしょう」

タケルは心配で、空っぽの釜の内側がパサパサに乾き、ココロの声も震えています。

〈実はぼく、会社でリストラされちゃったんだ。一ヵ月前に「能力開発室」という部署に移されて、何もない部屋で毎日過ごしてる。要するに、追い出し部屋だよ〉

テレ男は「ああ、ついに言うてもうたか」と呟きました。タイミング悪く、テレ男の画面に流れているドラマでは、ドジな主人公が会社をクビになった場面です。

モノたちが「大変だ」とうろたえる中、灯里は落ち着いた様子で受け止めています。

〈最近ちょっと疲れてるかなと思ってたけど、そういうことだったんだ〉

〈今まで言えなくてごめんなさい〉

こんな大事な話をしているのに、なぜかテレビは付けたままです。

〈ぼくは今の会社にしがみ付いても仕事がないから、この先、給料をどんどん下げられる〉

タケルは、楽志が日に日にくたびれていった理由を知って、苦しくなりました。しかし、最近ずっと淀んでいた楽志の目に、今はなぜか力が蘇っています。

〈だから、ぼくは今の会社を辞めて、新しい仕事を探そうと思う〉

〈そっか……。分かったけど、新しい仕事が見つかる当てはあるの？〉

〈ある。いや、もう見つけた。モノを大切にする仕事をするんだ〉

モノを大切にする仕事……。タケルにはどんな仕事なのか想像できません。カギトラはキャットタワーの上で寝そべりながら「意味が分からにゃい」と、呆れています。

「こんな大事な話をする時やったら、普通はテレビ消すやろう」

テレ男が怒った声で言いましたが、すぐにモノたちは楽志がテレビを付けたままにしていた理由を知りました。楽志はレコ美のリモコンを操作し、前に録画した『すきトーク』の『リサイクルショップ大好き芸人特集』を再生しました。

〈ぼくは、タケルを買ったこのリサイクルショップに就職する〉

テレ男が「まさか、そう来るとは……」と呟きました。

〈この番組を思い出して、はっと気付いたんだ。これこそがぼくの仕事だ、って〉

テレ男の画面には、リサイクルショップ『モノゴコロ市場』の紹介ＶＴＲが流れています。

『モノゴコロ市場』は、東京とその周辺に、たくさんの店を展開しています。

〈リサイクルショップって、誰かに必要とされなくなったモノが売られて、店に並んで、必要とする誰かに買われていく。モノと人とのめぐり逢いを繋いで、縁をリサイクルする場所でもあるんだ。だからリサイクルショップの仕事は、モノを大切にする仕事でもあると思うんだ〉

楽志は自分の考えを灯里に語っています。

〈ぼくは、子供の頃からずっとモノを大切にしてきた。フリーマーケットで中古のラジカセを買

ったから、灯里さんと出会えた。次はモノと人を繋ぐ仕事をしたいんだ〉

〈楽志がそこで仕事したいのは分かったけど、採用してもらえるか、分からないよね〉

〈大丈夫。ぼくは今度こそ自分の特技を生かせる仕事をする。ちゃんと父親になるんだ〉

タケルは楽志の決意の強さを感じました。灯里は少し間を置いてから、答えました。

〈わかった。楽志がそこまで考えてるなら、やってみなよ〉

楽志は〈ありがとう。頑張る〉と力強く答えました。

「レコ美ちゃんとテレ男さんが自力作動で録画したあの番組が、きっかけになったのね」

冷子は感激し、テレ男も「ホンマや！　びっくりや！」と喜びます。

時蔵爺さんが「楽志が救われるかどうかは、まだ分からんぞ」と割って入ります。

「でも、ニンゲンは、何気なくめぐり逢ったことがきっかけになって、人生が大きく変わったりするもんやろ。ドラマとかでもそういう場面、よう見るやろ」

「そうですよ。楽志さん、がんばって！」

タケルは嬉しくなって、楽志に声援を送りました。

＊

翌朝、楽志は会社に着いてすぐ、上司に言った。

「これからはもう、会社には来ません。新しい仕事を探します」

上司は「それは素晴らしい決断だ」と笑顔で答えた。

「ぼくにできることは、モノを大切にすることです。気付かせてもらい、感謝しています」

「感謝されるような覚えはないけれど……」

「これからは、モノを大切にする特技を生かした仕事をします。ありがとうございました」

上司は「よくわからないけど、まあ、よかったねえ」と引きつった顔で笑った。

楽志は心の底から思ったのだ。上司にバカにされなかったら、自分は本当にやりたい仕事に気付けなかっただろう。バカにしてくれてよかったと。

楽志は三年間働いた食品会社を辞めると、早速モノゴコロ市場の求人に応募した。

モノゴコロ市場は、リサイクルショップチェーンの大手企業だ。

まず楽志は、新宿の本社で採用面接を受けた。楽志は人事の担当者に、子供の頃からモノを大切にし続け、モノには魂があると信じていることなどを熱く語った。

結果は、あっけなく不採用に終わった。

しかし楽志は諦めなかった。隣町にあるモノゴコロ市場すみれ台店を訪ねて、店長に直談判をしに行ったのだ。タケルとめぐり逢って、買った店だ。

店に入ると、中年の男性が入口に近いテレビの売場を整えていた。この人が店長だ。四十代ぐらいの小太りの男性で、楽志がタケルを買った時、売場で説明をしてくれた。名札に〈店長　物井幸之助〉と書いてある。「物」が付く名字は珍しい。でも楽志はいい苗字だと思った。

「いらっしゃいませ。今日は何をお探しですか」

物井店長は、常連客の楽志を覚えてくれているようだ。

「今日はモノではなく、仕事を探しに来ました。この店で社員として働かせてください」

楽志はひと息で言い切って、深々と頭を下げた。

「すみません……。私は店長で、アルバイトの採用は任されていますが、社員を採用する権限はないんです。社員の採用は本社の人事部が担当しています」

「分かっています。この前、本社の面接で落ちました。でも諦められないんです」

楽志はどう話を組み立ててよいか分からないまま、しゃべり始めた。

「子供の頃から、モノには魂があると信じてきました。この店で買った炊飯器に『タケル』という名前を付けました。タケルは、とても美味しくご飯を炊いてくれます」

「そうですか。その炊飯器は幸せモノですね。お客様に買っていただけてよかった」

「今度はこの店で、買い物をするだけではなく、仕事をしたいんです」

物井店長は少し俯いて「あなたは面白い人ですね」と言った。

「私もモノには魂があると思います。一緒に働きたいけれど、社員を採用することはできない」

物井店長は「ただ、険しいけれど一つだけ道があります」と言った。

楽志は「どんな道でしょうか。教えてください」と身を乗り出した。

「店のアルバイトとして入って、社員に登用される制度です。店長の推薦を受けて、三ヵ月後にある社内の試験に合格すれば社員になれる可能性があります。ただ、保証はできません」

「ぜひ挑戦させてください」

物井店長は「うーん、これは責任重大ですね」と言ったが、その顔はにこやかだ。

「分かりました。三ヵ月で教えられるだけのことは教えます」

楽志は、三ヵ月で社員になると心に決め、灯里にも決意を話し、アルバイトで入社した。

モノゴコロ市場すみれ台店は、日ノ出家から二駅離れた町の、大きな道路沿いにある。店長と何人かの社員とアルバイト店員が交代で店を守る。一階は家電や家具などの売場。二階はカメラや時計、雑貨などの売場、三階は衣類の売場になっている。

楽志は社員候補のアルバイトとして、物井店長の指導を受けた。

初めの頃は、レジの点検を忘れたり、買い取った品物を売場に出し忘れたり、たくさんの失敗をした。そんな時はいつも、物井店長が助けてくれた。楽志自身も、この店の仕事を絶対にやり抜くのだという気持ちで、細かな物忘れを減らすよう努力した。マジックで腕にメモをして見返したり、レジ点検の時間にはタイマーをセットしたり。

物井店長からは、特に「三つの基本」を繰り返し教わった。

一つ目は、丁寧に接客すること。

二つ目は、モノをきれいに磨くこと。

三つ目は、分かりやすく売場に並べること。

「この三つの基本は、当たり前だからこそ、忙しい中ではおろそかになりやすい」

リサイクルショップには、大きく分けて二種類の客が来る。モノを売りに来る人と、モノを買いに来る人だ。みんなモノで繋がる人たちだと思い、感謝の心で丁寧に接した。

買い取ったモノは、まずクリーニングして、傷や汚れをきれいにする。特に冷蔵庫や電子レンジなどは念入りに磨き、洗濯機は中のドラムを分解して洗った。

楽志はこのクリーニング作業が好きだった。モノがピカピカに生まれ変わるから。

次に、クリーニングしたモノたちを、分かりやすく売場に並べる。この時に、機能や価格を書いた値札を見やすい位置に貼る。値札は、モノたちの自己紹介なのだ。

毎日三つの基本作業を徹底しているうちに、家電売場の売上が大きく上がった。

「日ノ出さんが入ってきてくれたおかげだよ。ありがとう」

物井店長に感謝され、こんなに早く売上が上がったことに、楽志は驚いた。

実はこの時、物井店長が家電の売上アップのために様々な仕掛けをして、楽志を社員に推薦できるよう奮闘していた。その事実を楽志は、だいぶ後になって知るのだった。

店で働き始めてから三ヵ月目。楽志は、家電製品の売場責任者を任された。

どこかで誰かに必要とされなくなったモノが、別のどこかの誰かに必要とされて買ってもらえる度に、楽志はよかったと思える。

モノたちは、新しい場所で再びスタートを切る。まるで、今の自分みたいだと感じた。モノゴコロ市場で働き始めてからの楽志は、気力に満ちていた。

仕事が休みの日は、咲月のおむつを替え、風呂に入れ、ミルクを飲ませ、寝かし付ける。

店の仕事も、家事も、咲月のお世話も、忘れないように少しずつ覚えていった。

三ヵ月が過ぎ、店長からの推薦状を受けた楽志は、いよいよ社員登用の試験に臨んだ。

物井店長から教わったことを守り、一生懸命働いて身に付けたことを全てぶつけた。

*

十月になり、秋も深まってきました。

夕方六時を過ぎると、窓の外がだいぶ暗くなってきます。タケルは楽志の帰りを待ち焦がれ、ご飯を保温しています。ココロが熱くなって、ご飯にお焦げができてしまいそうです。

「そろそろ帰ってくるで」

テレ男も、夕方六時のニュースを流しながら心配しています。

今日の楽志は、早番の勤務なので、帰りが早いのです。

咲月は、リビングの隅の赤ちゃん用ベッドですやすやと眠っています。このベッドも、ベビーカーも、ベビー服も、ほとんどモノゴコロ市場で買ってきた中古品です。

〈ただいま！〉

楽志が仕事から帰ってきました。スーツ姿の楽志は、リビングに駆け込んできました。

〈社員登用試験、合格しました〉

楽志は灯里に報告しました。灯里は〈おめでとう〉と笑顔で祝福しました。

テレ男が「よっしゃあ！」と歓声を上げ、タケルも釜の中の水蒸気を全部吐き出すぐらい嬉しくなって「ばんざーい！」とココロの声で叫びました。ほかのみんなも大喜び。

「とにかくめでたいことじゃ。振り子がちぎれそうなぐらい、勢いよく振れておるわい」

「それを言うにゃら、しっぽがちぎれそうなぐらいだにゃ」

タケルは、チーム・やおよろずのココロの声を楽志に聞かせてあげたいと思いました。

「楽志さんが『モノを大切にする仕事をしたい』って言い出した時、すごく嬉しかったわ」

冷子がしみじみ言うと、テレ男が「俺はびっくり仰天やったけどな」と笑いました。きっと好きな仕事だから、集中して頑張れているのかもしれないと、みんなで喜びました。

「タケル、お前は、楽志が新しい仕事にめぐり逢うきっかけを作ったんや。すごいで！」

「ぼくが、ですか？」

「そうや。楽志が録画予約し忘れた時や。タケルが自力作動で録画しよう言うて、みんなで頑張ったやろう。あの時諦めとったら、楽志は今の仕事に気付けんかったかもしれん」

「レコ美ちゃんが楽志さんの録画忘れに気付いてくれたのもファインプレーね」

「冷子さん、もったいないお言葉ですわ」

「カギやんも、二階へ行って、楽志と灯里さんが眠っとるか確かめてきてくれたな」

「俺は冷子に命令されて、ひとっ走りして様子を見に行ってきただけだにゃ」

「チームワークの結晶です。やっぱりぼくらは、チーム・やおよろずですね。とにかく今日は、楽志さんが頑張っていけるように願って、みんなでお祝いしましょう」

タケルは頭の上の口から蒸気をふーっと吹き出しました。幸せな夕食の時間です。

＊

「ありがとう。家の仕事を灯里さんに任せきりで……おかげ様で合格できて……」

「はい、はい。さっきからほとんど箸が進んでないよ」

灯里は楽志に、食べるよう促した。モノゴコロ市場の社員になれて本当に嬉しいようだ。

楽志と結婚する時、灯里はある程度大変なことは覚悟していた。

何かあっても暮らしてゆけるよう、手は打ってきた。二人で相談して郊外の駅からバスで十五分の場所に、古くて安い空き家を買った。月六万円の三十年ローン。生活は慎ましくした。車もお金がかかるから持たず、駅前にはバスや自転車で通った。幸い、モノを大切にする楽志は無駄な買い物をせず、家電や家具も中古品なので、出費は少なく済んだ。

楽志は結婚前に食品会社に入社できて、仕事にも慣れてきたように思えた。本人も張り切っていた。だからこそ、楽志にリストラを打ち明けられた時は、さすがにショックだった。

結婚三年目の衝撃。しかも咲月が生まれたばかり。

しかし、楽志は少年みたいな笑顔で、はつらつと語り始めたのだった。

〈モノを大切にする仕事がしたい〉

楽志は神のお告げを受けたように目を輝かせていたが、灯里は不安のほうが大きかった。

しかし「モノを大切にする」は楽志の人生のテーマだ。だから背中を押した。

今のところその考えは、いい方向に動き出したようだ。

ほっと安心していると、リビングの赤ちゃん用ベッドで眠っていた咲月が目を覚まし、泣き出した。楽志が食卓を離れ、赤ちゃん用ベッドから咲月を抱き上げた。

「大丈夫だよ、サッちゃん。ママもいる、パパもいる。あと、モノたちも守ってくれてる」

「あ、楽志、サッちゃんの前で初めて自分のこと『パパ』って言ったね」

「あれ？　そうだっけ……ああ、そうかもしれない」

「なんだか、吹っ切れたみたいだね」

「初めからちゃんとした父親になろうなんて、ぼくは間違っていた。ぼくもサッちゃんと一緒に一生懸命生きて、サッちゃんと一緒に成長するんだ」

楽志は「ニャンニャンのぴょんぴょん体操を観ようか」と咲月に語りかけ、「レコ美とテレ男の出番だよ」と言って、録画していた教育テレビの幼児向け番組を再生した。

楽志が「ニャンニャンのぴょんぴょん体操」に合わせて咲月を高く抱き上げた。

咲月の小さな笑い声が、そして楽志と灯里の笑い声が、リビングを優しく包んだ。

第二章　二〇一一年のラジカセ

月日は巡り、咲月が生まれてから十ヵ月が経ちました。

今朝も、テレ男の画面からは咲月のお気に入りの子供向け番組が流れています。

テレ男から流れてくる歌に合わせて、咲月は「ぱっぱ」と手を叩いて笑いました。

それを見た灯里も笑い、楽志も笑いました。モノたちもみんな笑っています。

咲月が笑うと、みんな嬉しくなります。

この十ヵ月間、タケルはみんなと一緒に咲月の成長を見てきました。初めてハイハイした、つかまり立ちをした、カギトラを見て〈ニャンニャ〉と言った……その度にみんなで喜びました。

タケルにとって一番嬉しかったのは、咲月が初めておかゆを食べた時です。

楽志が元気になったのも嬉しいことでした。タケルは楽志の言葉を思い出します。

〈初めからちゃんとした父親になろうなんて、ぼくは間違っていた。ぼくもサッちゃんと一緒に一生懸命生きて、サッちゃんと一緒に成長するんだ〉

いま楽志も、成長している途中なのです。

「楽志さん、抱っこの仕方も、だいぶ慣れてきたじゃない」

冷子が感心し、テレ男は「ほんまやなあ」としみじみ言いました。

初めのうちは、みんな楽志を心配していました。粉ミルクをちゃんと作れるか、お風呂で咲月を落っことさないか、ベビーカーに咲月を乗せて、どこかへ置き忘れてこないか。

でも楽志は子育てに大奮闘。粉ミルクを哺乳瓶（ほにゅうびん）に入れてお湯で溶かして飲ませたり、おむつを換えたり、お風呂に入れたり。手際はよくありませんが、一つ一つ、丁寧に頑張っています。

日ノ出家の壁は、楽志が書いた貼り紙でいっぱいになっていました。たとえば粉ミルクの量や、お湯の温度などを間違えないようにしているのです。

今朝も楽志は咲月のおむつを換え、ミルクをあげてから仕事に出掛けていきました。

咲月は赤ちゃんの動きに合わせて揺れるベビーバウンサーに座っています。しきりに〈ニャンニャン、ニャンニャン〉と言い始めました。お気に入りの〈ニャンニャン〉のダンスを見たがっているのです。灯里がレコ美のリモコンを操作して、咲月の好きな番組の録画を探します。

「それでは、サッちゃんのリクエストにお応えして『ニャンニャンのぴょんぴょん体操』を再生いたします」

レコ美が再生を開始すると、咲月は手を叩いて笑い出しました。

「そうや、俺とレコ美ちゃんが、自力でサッちゃんのお気に入りの番組を再生してやったらええがな。そしたら、灯里さんや楽志の手間が一つ減るで」

テレ男が言ったその時、どこからともなく重々しい声が聞こえてきました。

《お主らに告ぐ。我の声が聞こえるか》

天高くから降って来るようにも、地の底から響いて来るようにも聞こえる、おごそかな声。

「このお声はまさか、家康公……？　家康公でいらっしゃいますか？」

　時蔵爺さんは規則正しく振り子を揺らしながらも、わずかに震えています。

「家康公？　ああ、この家か。偉そうな声やなあ」

「テレ男、無礼なことを言うでない！　家康公は、我らの守り神じゃ」

《愚かなモノどもよ。はっきりと言っておく。モノにはモノのさだめがある。自分たちの思うままに動いてニンゲンを助けようなど、あってはならぬことぞ》

　家康公は日ノ出家が暮らしている木造二階建ての家です。名前は徳川家康にあやかって、楽志が名付けました。楽志のイメージでは家康公は日ノ出家の守り神。モノたちは家康公のココロの声を聞くことなど今までありませんでした。

「そもそも家って、モノじゃないですよね。楽志さんが名前を付けたとしても、なんでぼくたちとココロの声で話せるのでしょう」

　タケルは不思議に感じました。

「家は不動産やから、ニンゲンにとっては動かへん財産、不動のモノや。この間、テレビでやっとったやろう」

　テレ男が面倒くさそうに説明すると、時蔵爺さんが「こら！」と叱りました。

《モノどもよ。今すぐその愚かな行いを止めよ》

「なんで家に指図されなあかんねん。すべてのモノに神は宿っとる。やおよろずの神やで。せやから家もうちらも対等や！」

テレ男は時蔵爺さんが「失礼じゃぞ」と叱るのも聞かずに、続けます。

「家康公か知らんけど、みんな楽志や灯里さんやサッちゃんを助けたくて頑張ってんねん」

「そうにゃ、そうにゃ」

テレ男とカギトラが、家康公に言い返します。

《悪いことは言わん。よからぬ行いを止めよ。さもなくば天罰が下る》

「家康公、はじめまして。ぼくは炊飯器のタケルといいます」

《よからぬことを思い付いて皆に広めておるのは、そなたじゃな。自力作動などとよからぬことを皆にそそのかすとは、もってのほかである》

「でも、なぜそれがよくないことなのか、ぼくには分かりません」

《なぜよからぬことか、我がそなたたちに説く義務はない。よからぬことはよからぬこと》

「ニンゲンは、忘れたり間違えたりします。ぼくはそれを助けたいだけです」

タケルには、家康公がなぜ怒っているのか、分かりませんでした。

「どんな天罰やらがあるのか知らんけど、タケルの考えが悪いとは思わへん」

「そうよ、いくら家康公が守り神だからって、その決めつけはひどいわ」

テレ男と冷子が代わる代わる家康公に抗議します。

《もう一度だけ忠告しておく。モノとニンゲンの境を越えてはならぬ。ただし持ち主が本当の危機を迎えた時を除く。よく覚えておくのだぞ》

それきり、家康公の声は聞こえなくなりました。

「何が家康公や。楽志が勝手に決めた守り神やで。いんちきに決まっとるわ。それに、禁止されるとやりたくなるもんや。チーム・やおよろずで日ノ出家を盛り上げようや」

テレ男は全く意に介していません。

その時、リビングの隣の小部屋のほうから「ふん、何がチーム・やおよろずだよ。くだらねえ」と、冷ややかな声が聞こえました。

タケルは、初めて聞く声です。

「ラジ郎よ、ずいぶん久しぶりじゃな」

時蔵爺さんが反応しました。

ラジ郎は、日ノ出家のポータブルCDラジカセ。最近は出番がなくなり、ずっと眠っていたのです。一九九〇年製で、頭にはCDを再生するプレーヤーと、ラジオの電波をキャッチするためのアンテナ、お腹にはカセットテープを再生するデッキが付いています。

「楽志のやつは運よく仕事が見つかったか。俺はアンテナを長くして出番を待ってるうちに、眠りこけちまった。俺はもう用無し。あとはゴミになるだけさ」

楽志と灯里は、公園のフリーマーケットでラジ郎をきっかけに初めて出会ったそうです。その話は、タケルも、時蔵爺さんから聞かされていました。

「ニンゲンのためにココロを込めて働く？　バカらしい。最後はゴミになる運命さ。用済みになれば捨てられる。家康公とやらも、古くなればブチ壊される。ニンゲンとモノとの関係なんざ、その程度のもんだ」

「こら、ラジ郎！　いい加減にせんか！」

時蔵爺さんが注意しても、ラジ郎は「死にぞこないのじじいが」と言い返します。

ラジ郎は言いたいことを言い終えると、また眠りに入ってしまいました。

「ラジ郎はもともと乱暴な性格じゃが、昔はあんなやつではなかったのじゃ」

楽志はラジカセだから「ラジ郎」と名付けました。ラジ郎には、楽志がイメージする間違ったロックンローラーのキャラクターが乗り移っています。気が荒くて、言葉も乱暴なのです。

それでも昔はラジ郎も、楽志のために、深夜ラジオの番組や、音楽を流していました。楽志は好きな歌をＣＤからカセットテープに録音して、自分のベストコレクションを作っていました。

でもやがて楽志はラジオを聞かなくなり、そして、世の中ではカセットテープがほとんど使われなくなってしまったのです。

楽志が大学生だった二〇〇〇年頃には、まだカセットテープで音楽を聴く人も多かったのです。

「ラジ郎は、時代の流れで活躍の機会を失ったわけじゃ。しかし困ったものじゃのう」

「出番がなくなって、うちらに八つ当たりしとるのやろうか。えらい荒れとったなあ」

テレ男が心配そうにしています。

でもタケルには、八つ当たりだとは思えませんでした。ラジ郎が自分自身に苛立っているように感じたのです。タケルはラジ郎と、ちゃんと話をしたいと思いました。

＊

三月第二週の金曜日だというのに、まだまだ肌寒い朝だ。

楽志は店の一階で仕事をしていた。昨日買い取った大型の液晶テレビを売り場に並べた。

三月は、モノがよく売れるし、買取も多い。学生や社会人が四月からの新しい生活に向けて準備をするので、モノを売りたい人も買いたい人も多いのだ。

店の入り口で来客のチャイム音が鳴った。

楽志は一度作業の手を止めて「いらっしゃいませ」と心を込めて挨拶する。革のジャンバーを着た若い男性だ。テレビ売場の前で、値札を熱心に見ている。楽志は「テレビをお探しですか」と笑顔で丁寧に声を掛けた。

彼は今月から近くのアパートで一人暮らしを始めたので家電や家具を探していて、小型のテレビがほしいと言う。楽志は先週買い取った十四インチの液晶テレビをおすすめした。二〇〇九年製の新型品だ。彼は、喜んでその小さな液晶テレビを買って帰った。

昼前になると、出張買取を終えた軽トラックが店に帰ってきた。

荷台には冷蔵庫、エアコン、洗濯機、テレビなどの大きなモノがたくさん積まれている。

副店長と二人がかりで荷台から降ろし、店の奥の商品保管室に移した。

「日ノ出さん、おつかれさま。昼休みに入って」

物井店長が事務室から出てきて、楽志に声を掛けてくれた。

「おつかれさまです。もう少し仕事に区切りを付けたら、昼ご飯にします」

物井店長は、ふっくら丸みを帯びたあごに手をやりながら、売場を眺めた。

「日ノ出さんも、この店で働き始めてから、もうすぐ一年になるね」

「はい。店長のおかげです」

「こちらこそ、日ノ出さんのおかげで、店の売場がずいぶんきれいになったよ」

「店長から教わった基本を守っているだけです」

仕事で褒められることにまだ慣れていないので、楽志は照れ臭く思った。

「今年度の売り上げが、過去最高になったよ。日ノ出さんの活躍のおかげだ」

今は年度末の三月だ。三月が終わる前に、過去最高の売上を達成できたのだ。

「こういう小さな積み重ねが、売上に現れるんだよ」

物井店長はテレビ売場を指さして言った。

少し前までは、電源を切った状態で並べていたが、楽志の提案で、電源を付けて並べるようにした。電気代はかかるけれど、実際に動いているところをお客さんに見せれば、安心してもらえる。それに、たくさんのテレビ画面に映像を映し出すことで、店の中が活気づいて見える。

午後二時過ぎから、店の奥の事務室で遅めの昼ご飯休憩を取った。食べ終えると、楽志は小さな液晶テレビを布で磨いた。傷が付かないように、柔らかい布で丁寧に磨く。

このテレビは傷も汚れも少なく、状態がよい。きっと買い手が付くはずだ。楽志は、テレビを両手で抱えて事務所から運び出し、売場に置いた。

いつもと変わらない、午後の店内。の、はずだった、その時……。

しかし、テレビの画面の角に値札を貼った、その時……。

床から突き上げてくるような強い衝撃を感じた。揺れている。

揺れの幅がどんどん大きくなり、置き時計などの小さな商品が棚からなだれ落ちてきた。

足下が床ごと巨大な力でこねくり回されているかのような、不気味な揺れ方だ。楽志は立っていることもままならず、近くにあったテーブルの下に潜り込んだ。

長く大きな揺れがようやく収まった。ひとまず店の建物が倒れなくてよかった。そう思うぐらいの激しい揺れだった。机の下で、楽志はしばらく手足の震えが止まらなかった。

「日ノ出さん、店の中を確認しよう。まずは店内のお客様からだ」

物井店長の張りつめた声で、楽志は、はっと我に返った。

震えてなどいられない。まずは店の中に客がいたら、安全を確保しなければならない。物井店長やアルバイトの店員と手分けして、二階の雑貨売場、三階の衣料品売場も確認した。平日の午後二時台はいつも空いている時間帯で、客は十人ほどしかいなかった。

すぐに外へ出ると危険かもしれないので、一階の売場の広い場所に椅子を並べて、待機してもらう。それから物井店長は店員を集めて全員の無事を確認した。次は、商品の確認だ。腕時計や装飾品を入れたショーケースの中も滅茶苦茶になり、商品が床に落ちて散らばっている。

「これは片付けるのにだいぶ時間がかかるだろう。それぞれご家族とも連絡を取って」

店長の指示で、楽志は携帯電話から灯里に電話をかけたが、繋がらない。たくさんの人が家族や友人と連絡を取ろうとして、電話が込み合っているようだ。とにかく大きな地震だったことは分かるが、どのぐらいの被害が出ているのか、家族は無事なのか、全く分からない。

楽志は携帯電話で灯里にメールを送った。

〈大丈夫ですか？　どこにいますか？　ぼくは職場で、無事です〉

店のテレビでは、いつものワイドショー番組が中断され、地震の速報が流れていた。

一階に避難している客が、テレビの近くに集まって不安そうに見ている。

店内に散らばったガラスの破片などを片付けているうちに、少しずつ新しい情報が入ってきた。震源地は東北地方だという。遠く離れた東京の西部がこれほど揺れたのだから、かなり大きな地震のようだ。

少し経つと、店のテレビに、上空から撮影した東北地方の街の映像が映し出された。

その映像を見た瞬間、楽志は自分の目を疑った。客も店員も、言葉を失った様子でぼう然と画面を見つめていた。

＊

「みな無事にしておるか」

長く激しい揺れが収まった後、時蔵爺さんが、みんなに呼び掛けました。

タケルは震えるココロの声で「大丈夫です」と答えました。

体が大きく揺さぶられて、キッチンカウンターから落ちそうになりましたが、コードで繋がれていたおかげで、なんとか持ちこたえたのです。

テレ男も冷子も、倒れずに済んだようです。

「今のはいったい何？　地震だったの？　みんな大丈夫？」

冷子は信じられない様子です。みんな混乱しています。

リビングでは、小物類がカーペットの上に散らばっています。

「うちらはみんな無事みたいやけど、灯里さんとサッちゃんは？　大丈夫なんか？」

二階から咲月の泣き声が聞こえてきます。

「二人とも二階にいるにゃ」

カギトラは二階から駆け下りてくると、また全速力で二階へと駆けて行きました。

灯里が咲月を抱いて一階に下りてきました。カギトラも寄り添うようにして下りてきます。

「無事でよかった。灯里さんも、サッちゃんも」

タケルは少し安心しました。灯里は緊張した表情で咲月をベビーバウンサーに座らせ、テレ男の電源をつけます。地震の速報が流れています。かなり大きな地震であることは明らかです。

「楽志さんは、大丈夫でしょうか……」

タケルが呟くと、カギトラが大きな声で鳴きました。いつも楽志を呼ぶ時の声です。

灯里がカギトラを抱きかかえて、咲月の目の前に座りました。

〈サッちゃん、ママとカギちゃんがいるからね〉

咲月は何か大変なことが起きているのでしょうか。ずっと泣いています。カギトラは「大丈夫にゃ。俺がいるにゃ」と強がってみせました。

〈大丈夫、大丈夫。サッちゃん、今からご飯の準備をするからね〉

灯里はタケルの蓋を開け、釜を取り出して、米と水を入れました。シャカシャカと米を研ぐ灯里の手からは、震えが伝わってきます。ご飯を炊くという普段通りの作業をすることで、灯里は自分自身にも「大丈夫」と言い聞かせているようです。

その時、テーブルの上で、灯里の携帯電話がブルルと震えました。

〈サッちゃん、パパも大丈夫だって〉

灯里が携帯電話を見ながら咲月に語り掛けます。楽志からメールがあったようです。

「楽志も無事や。うちらはとにかく自分たちの仕事をやって、灯里さんとサッちゃんを支えようや。タケル、しっかりご飯を炊いておかんとな」

一家の無事が確認できて少しホッとしたその時、時蔵爺さんが悲痛な声を上げました。

「おお、なんということじゃ……」

テレ男の画面に、大地震の被害を伝える映像が映し出されています。「嘘やろ……」と呟くテレ男のココロの声は、震えていました。タケルには、何が起こっているのか、すぐには受け止められませんでした。

＊

夜になると、楽志の店の前の道路は車で大渋滞。歩道は人でびっしりと埋め尽くされていた。電車やバスが止まってしまい、帰れなくなった人たちが、都心のほうから歩いてきたのだ。

金曜日の夜の道路には、歩く人たちで長い長い列ができていた。

職場からの帰りと思われる人、学生らしき人、疲れた子供を励ましながら歩く母親。みんなそれぞれの家を目指して歩いてゆく。

寒い夜を、何時間も歩いてきた人もいる。長い列の中から一部の人たちが、モノゴコロ市場の店の明かりに吸い込まれるように入ってくる。楽志は店内を片付けながら「いらっしゃいませ」と丁寧に声を掛けた。店に入って少し体を温めてからまた歩き出す人、店のテレビで地震の情報を見つめる人。閉店時刻の夜十時になったが、店の中にはまだたくさんの人がいる。

「店長、閉店の時間ですが、今すぐ閉めてしまうのはちょっと……」

「同じ考えだよ。まだしばらくの間、店を開けておこう」

夜ご飯に何か食べようと思って、店の近くのコンビニへ行ってみたが、食べ物と飲み物はほとんど売り切れ。その夜、楽志は店で夜を明かした。明け方、ようやく人がいなくなった頃に閉店し、二駅分を歩いて家に帰った。

＊

大地震が起きてから五日が経ちました。

震源地から遠く離れた東京も、毎日のように大きな余震が続いています。

テレビはどの放送局も、いつもの番組を休みにして地震の情報を流し続けています。ＣＭも全て、マナーや環境問題などの公共ＣＭだけに替わりました。

時蔵爺さんの鐘の音が夜の七時を知らせました。

「そろそろ停電が始まる時間じゃな」

間もなく日ノ出家の照明が一斉に消え、真っ暗になりました。

大地震で多くの発電所が動かなくなり、電力が足りなくなっていました。だから電力を節約するため、いろいろな地域で順番に、約三時間ずつの停電を行うのです。計画を立ててわざと電気を止めるので「計画停電」といいます。

日ノ出家が暮らす地域は、今日は夜の十九時から停電開始。これまで、昼の時間帯の停電はありましたが、夜は初めてです。

楽志が、用意していた懐中電灯のスイッチを入れ、暗いリビングを照らしました。楽志は仕事が休みで、今日は一日家にいました。

楽志も灯里も咲月も、停電が始まる前に夕ご飯を済ませています。

タケルは、電気がないと自分はご飯が炊けなくなるのだと思い知りました。電気が流れている毎日が当たり前でしたが、決して当たり前ではなかったのです。

「今日の暗闇は、怖いです。こんなに怖いのは、どうしてでしょう」

毎晩、家族三人が寝た後は真っ暗になるので、みんな暗闇には慣れているはずです。でも、今の暗闇はどこかいつもと違っていて、タケルは恐ろしく感じました。

「きっと外も真っ暗だからよ。街灯も近所の家の照明も、全部消えちゃってるんだもの」

冷子が立っている場所は、勝手口のドアの近くです。いつもは、すりガラスの窓から街灯の光が見えるのに、今はそれもありません。

「本当に真っ暗だにゃ」

カギトラが勝手口の前に駆け寄り、外を眺めました。

咲月は、今はリビングのベビーバウンサーに座って、ぱっちりと目を覚ましています。暗闇の中で、不安になってきたのでしょうか。ぐずり始めました。

灯里が隣に座り、懐中電灯で絵本を照らして読んであげたり、楽志が熊のぬいぐるみを近付けたりして〈大丈夫だよ〉とあやしますが、やっぱり泣き出してしまいました。

灯里がベビーバウンサーを優しく揺らすと、咲月は少し泣き止みました。

「真っ暗だけど、みんなが付いているにゃ。だから怖くにゃいからにゃ」

カギトラが咲月のほっぺたに鼻をちょんちょんと近付けました。

「それにしてもテレビっちゅうもんは、電気がないとなんにもできへんなあ」

テレ男がココロの溜息を吐き、タケルは「ボクも同じです」と悔しがりました。

「停電でも動けるのは時蔵爺さんぐらいやな」

時蔵爺さんは、電池で動いているので、今も振り子を揺らし、時を刻んでいます。

「……いや、ワシだけじゃないぞ」

時蔵爺さんは「おい、ラジ郎」と、リビングの隣の小部屋に向かって呼び掛けました。

「お前も電池で動けるじゃろう。今こそ活躍の時ではないか」

「まっぴらごめんだね。それに、俺なんざ用無しのガラクタさ」

タケルは、ラジ郎の仕事を見てみたいと思いました。でも確かにラジ郎の言う通り、楽志や灯里がラジ郎を使おうと思わなければ、どうしようもありません。

電気のない夜。懐中電灯の明かりだけが闇の中に浮かび、リビングは静まり返っています。

咲月がまた大きな声で泣き出しました。

灯里が音の出るおもちゃをいくつか持ってきて、咲月の前で振ったり、手に持たせてみたりしますが、泣き止みません。

〈そうだ〉

楽志は何か思い出したようで、リビングの隣の小部屋に入っていきました。

戻ってきた楽志の手には、ラジ郎がいました。

〈ラジ郎は、電池でも動くんだ〉

楽志は防災グッズから電池を取り出すと、ラジ郎の電池を入れ替え、スイッチを入れました。

「ラジ郎、出番じゃ。ラジオを、音楽を、お前のスピーカーからワシらに聞かせてくれ！」

時蔵爺さんが、待ち望んだかのように叫びました。

「きっと楽志さんは、ラジ郎さんのことを忘れていなかったんですよ」

タケルも、ラジ郎の音を聞いてみたいと思いました。

「ふん、好き勝手いいやがって。俺はただ適当に、音を垂れ流すだけさ」

ラジ郎は強がっていますが、ココロの声が少し上ずっています。久しぶりの仕事で、緊張しているのかもしれません。

〈ラジ郎、久しぶりだね〉

楽志がラジ郎に語り掛け、ラジオのチューナーでチャンネルを合わせます。

「困った時だけ急に頼ってきやがって、まったく調子のいいやつだぜ」

ラジ郎のスピーカーから、音が聞こえてきました。女性のアナウンサーが、電車などの公共交通機関や道路の情報を伝えています。ラジオも、いつもの番組は放送していないようです。でもタケルには、静まり返っていた部屋の闇に、音が染み渡っていくように感じられました。

灯里が〈音楽は何かないの？〉と、楽志に訊きました。

〈そうだなあ……サッちゃんが好きか分からないけど、何かかけてみようか〉

楽志はまた隣の小部屋に行き、カセットテープを何本か持ってきました。ラジ郎はＣＤのデッキが故障しているので、カセットテープしか再生できません。

〈子供向けの歌はないなあ……〉

楽志と灯里は、カセットテープをカーペットの上に広げて、懐中電灯で照らしています。すると、楽志がその中の一本を手に取りました。

〈これにしよう。これがいい〉

楽志は、ラジ郎のお腹の部分の蓋を開け、カセットテープを差し込みました。

〈じゃあラジ郎、お願いね〉

楽志が再生ボタンを押すと、英語の歌が流れてきました。

それを聞いた途端、時蔵爺さんが「おお！」と声を上げました。

「楽志が学生時代によく聞いていたテープじゃよ」

流れているのは、ラジオのことを歌った曲のようです。歌詞の中に何度も「Radio」という言葉が聞こえてきます。

「ラジ郎、なんやこの曲」

「クイーンの『レディオ・ガガ』だ。悪くはねえな」

軽快な曲調で、サビのところにトントンとドラムの合いの手が小気味よく入ります。それに合わせて楽志と灯里が手拍子を打つと、咲月も、一緒に小さな手を叩きます。

〈ラジオよ、新しいものがなんだっていうんだい？　ラジオよ、今でもまだ君を愛している人がいるんだ。そう歌ってるんだね〉

灯里が歌詞の意味に触れて、ラジ郎を見つめました。

タケルは初めて聞く歌ですが、すごくいい歌だと思いました。

〈サッちゃん、パパとママは、ラジ郎のおかげで出会ったんだよ。ラジ郎がいたから、今、サッちゃんと一緒にいられるんだ〉

楽志が咲月に語りかけ、灯里も〈そんなこと言ったって、よく分からないよねえ〉と咲月に微笑みかけました。ラジ郎のスピーカーからはクイーンの『レディオ・ガガ』が流れています。

咲月がまたサビのところで手拍子を打ちました。

「楽志にしては、気の利いた選曲だにゃ」

「まあな。赤子の魂も踊り出してやがる。泣く子も踊る曲ならば、ロックに違いねえ」

「ラジ郎さん、本当は嬉しいくせに、素直に喜べばいいじゃないですか」

タケルが言うと、ラジ郎は「うるせえ小僧だ」と笑いました。

「ラジ郎よ、お前は楽志を長い間一緒に見守ってきた仲間じゃ。これからも楽志と、そして灯里や咲月と共に生きよう」

「それも悪くねえな。古時計の爺さんと、ポンコツラジカセの名コンビってところか」

「相変わらず口が悪いのう」

時蔵爺さんは嬉しそうに、しみじみと呟きました。

その後も停電は続き、ラジ郎は音楽やラジオの天気予報を流すなど、熱心に働きました。

「まったく、電源コードに繋がれて飼いならされたやつらはだらしがねえな」

ラジ郎は、笑いながら憎まれ口を叩くのでした。テレ男も「今日だけは言わせたるわ」と温かく受け流します。

深い暗闇に包まれた日ノ出家の夜に、ラジ郎の音は小さな光を灯したのでした。

＊

大地震が発生してから半月が経ちました。

時々大きな余震が来て不安な日々が続きますが、タケルは毎日ご飯を炊いています。

今日も夕ご飯の時間が近づいてきました。タケルは炊きたてのご飯を大事に温めています。灯里がタケルの蓋を開け、しゃもじでご飯を少しだけよそい、鍋に移しました。

咲月のために、おかゆを作るのです。

リビングでは咲月がカーペットの上に座って、大きな声で泣いています。灯里はキッチンでご飯の準備をしながら時々リビングを見て咲月をあやしますが、泣き止みません。

「よっしゃ、うちらで灯里さんを助けるで！　サッちゃんを笑わせたろうや」

テレ男がみんなに張り切って呼び掛けます。

「サッちゃん、ニャンニャンやで。お手てパンパンしような」

ほとんどのテレビ番組は中止になったままですが、朝と夕方の子供向け番組だけは、子供たちや親たちのために、再開されていました。

テレ男が子供向け番組を見せながら、ココロの声で必死に咲月をあやそうとします。

「テレ男よ、ワシらの声は聞こえんのじゃ」

時蔵爺さんが宥めますが、テレ男は諦めません。

しばらくテレ男がココロの声であやしていると、咲月がハイハイでテレ男に近づき、テレビ台につかまり立ちしました。まだ半ベソをかきながらも、画面の中で踊る猫のキャラクターをじっと見ています。

「みんな、見ろ。サッちゃんが泣き止んだやろう！　願えば通じるんや！」

カギトラが「たまたまだにゃ」と素っ気なく言うと、テレ男は「いいや、俺の願いが通じたんや」と言い返します。

「テレ男さん、ちょっと静かにしてもらえますか」

タケルは、まさかと思いながらも、確かめずにはいられませんでした。

「サッちゃん、タケルだよー。こっち向いて」

タケルが呼び掛けると、咲月はタケルのいるほうへ顔を向けました。

「時蔵爺さん、サッちゃんに話し掛けてもらえますか」

時蔵爺さんは「咲月、大丈夫じゃ。みんなが付いておるぞ」と呼び掛けます。すると咲月はまた何かを探すように、部屋の上へ目を向けました。

「もしや、この子は……。いや、まさか」

「その『まさか』かもしれません」

みんな信じられない様子で、でも確かめたくて、一斉に呼び掛けました。「サッちゃん」「サッちゃんこっち向いて」「こっちだよ」「いないいないばあやで」。

咲月はお座りをしてあちこちを見回し、手を叩いてキャッキャと笑って大はしゃぎ。

みんな一瞬、静まり返りました。

「この子、うちらのココロの声が聞こえとるで！」

テレ男が確信に満ちた声で言うと、みんなで大喜びの、大騒ぎになりました。

「サッちゃんの物心が付いたら、私たちとお話できるわ。なんて素晴らしいことなの！」

冷子はもう、咲月と話せる未来を夢見ています。

タケルは「物心が付くって、なんですか？」と訪ねました。

「ニンゲンは赤ちゃんの時、ぼんやりとしか物事を分かっておらんらしいのじゃ。二歳、三歳と成長するにつれて物事が分かるようになる。これを『物心が付く』というわけじゃ」

「まるで、ぼくたちみたいですね。ぼくたちも、モノにココロが付いているから」

時蔵爺さんの説明を聞いて、タケルはなんとなく分かった気がしました。

サッちゃんとお話ができる。タケルは、一日も早くその日が来てほしいと思いました。

昼ご飯の時間になりました。灯里がプラスチックのお椀から、スプーンでおかゆをすくって、咲月の口元へもっていきます。咲月は小さな口をもぐもぐさせて、どんどん食べます。

「サッちゃん、よく食べるようになったわね」

冷子がしみじみと呟きました。

タケルは、咲月が元気にご飯を食べる様子を見ているのが好きでした。自分が炊いたご飯を食べて、赤ちゃんの咲月が日々、成長してゆくのです。タケルは嬉しくてたまりませんでした。

*

モノゴコロ市場すみれ台店は、大地震で散らかっていた店内も片付き、ほぼ元に戻った。でも毎日の生活は、なかなか元には戻らない。被災地の避難所では、いろいろなモノが不足しているという。一方で、モノに囲まれて仕事をしている楽志は、複雑な気持ちを抱えていた。

「日ノ出さん、うかない顔をしてるねえ」

出勤したばかりの物井店長が、事務所に入ってきた。

「こんな大変な時に、普通に商売なんかしていいのだろうか、とか考えているでしょう」

物井店長に、ズバリと言い当てられた。

「店長、こういう時、リサイクルショップだからこそ、できることがあるのでは？」

「みんな同じことを考えてるよ。これを見て」

物井店長は、事務所のパソコンでニュース記事を楽志に見せた。被災地の物資置場は、全国からの支援物資が押し寄せて、パンク状態になっているという。

「これ以上モノをたくさん送っても、過剰になってしまう。今はとにかく店を開けて、いつも通りに営業する。自分たちの本業で、できることをやるしかない」

朝、店を開けて間もなく、若い女性が来店した。

「すみません、カセットコンロを探しているんですが」

彼女の家には電気コンロしかなくて、停電になると料理もできず、お湯も沸かせないという。

「カセットコンロ、あります」

楽志は一階のガスコンロの売場に女性を案内した。

「よかった……。ようやく見つかった。ありがとうございます」

近所の店やインターネットショップでずっと探していたけれど、どこも売り切れだったそうだ。

女性は何度もお礼を言って、カセットコンロを買って帰った。

「日ノ出さん、私たちにできるのは、いつも通りに店を開けることだ。大変な時だからこそ、一人一人が自分の持ち場を守る。これも大事なことかもしれないね」

「そうですね。今できることを、しっかり頑張ります」

楽志はなぜかふと、ラジ郎のことを思い出した。計画停電の真っ暗な闇を咲月が怖がる中、電池で動けるラジ郎が日ノ出家を助けてくれた。ラジ郎にはラジ郎にしかできないことがあり、カセットコンロにはカセットコンロにしかできないことがある。

人間も、同じだ。今の自分にできることは、モノを買い求める人のために働くこと。

自分は、リサイクルショップの社員。いつも通り店を開け、モノを売り買いする。今置かれた立場で、目の前の仕事に向き合うのだ。

家でも、店でも、今の自分にできることを全力でやる。それが巡り巡って、ほんの少しでも誰かの役に立って欲しいと楽志は願った。

第三章　二〇一三年のスマホ

カギトラは日ノ出家の猫です。外には出ず、家で暮らすイエネコ。茶色と黒のマーブルチョコレートのようなキジトラ柄に、額(ひたい)から口元や胸にかけて八の字型に白くなっている、キジ白ハチ割れの見事な衣装。日ノ出家のみんなに可愛がられています。

長い尻尾は、先がチョコンと折れ曲がったカギ尻尾。幸せを引っ掛けてくれるとも言われる縁起のよい尻尾です。

春の土曜日の朝、カギトラは、キッチンワゴンの上に座ってくつろいでいました。四つの小さな車輪が付いたキッチンワゴンは、本来はご飯や食器などを運ぶためのモノですが、日ノ出家では猫用のマットを敷いて、カギトラ専用の居場所として使っています。

リビングで、楽志と灯里がお茶を飲んでいる横で、咲月がひとり遊びを始めました。

咲月は来月で三歳になります。

カギトラが座るキッチンワゴンのほうへ、咲月が寄ってきました。

〈動くお店屋さんでしゅよー〉

咲月が自分の背丈より少し高い車輪付きのキッチンワゴンを、よいしょ、よいしょと押して、食卓の近くを行ったり来たりしています。

キッチンワゴンの上に座るカギトラは「また始まったにゃ」と呟きました。

〈カギちゃんは、いかがでしゅかー〉

咲月は最近、キッチンワゴンを使った「動くお店屋さんごっこ」にはまっています。

〈かわいい猫ちゃんがゼロ円でしゅよー。カギちゃんは、いかがでしゅかー〉

モノたちもみんな、大笑いしています。

「サッちゃんは、ほんまにおもろいなあ」

テレ男は咲月のやることや、話すことの全てが楽しくてたまらない様子です。ワゴンの上でカギトラは「悪かったにゃ。どうせ俺はゼロ円にゃ」と呟きながら移動しています。

そんなカギトラの様子が、ますますモノたちの笑いを誘いました。

〈サッちゃん、ゼロ円、ゼロ円って、あんまり言うとカギちゃんに怒られちゃうよ〉

灯里が優しく注意すると、咲月はおしゃまな口調で〈だいじょぶだよ。カギちゃんは優しいもん〉と答えました。

「俺はそんなに優しくもにゃいが、まあ、そういうことにしといてやるにゃ」

カギトラが日ノ出家に来たのは六年前。楽志と灯里が結婚したばかりの頃でした。子猫の時、段ボール箱に入って近所の公園に捨てられていたところを、通りかかった楽志と灯里に引き取られたのです。

カギ尻尾で体が虎模様なので「カギトラ」と名付けられました。

カギトラは日ノ出家に来たばかりの頃、時蔵爺さんやテレ男に話し掛けられて、びっくりしました。自分は猫なのにどうしてモノたちと話ができるのか、今でもよく分かっていません。

でもカギトラは、このおかしな家での暮らしを楽しんでいます。

咲月は、楽志からリサイクルショップの仕事のことをいろいろと聞いて、モノに興味をもつようになり、楽志によくモノたちの値段を訊ねました。そんな中で咲月が〈カギちゃんは、いくら？〉と聞いた時、楽志は〈カギちゃんはゼロ円だよ。でも値段をつけられないぐらい大切なんだ〉と答えたのでした。公園で拾われたカギトラは、確かにゼロ円です。

〈カギちゃん、ゼロ円だけどかわいい〉

咲月が小さな手でカギトラの頭をわしゃわしゃと触りました。

「くすぐったいにゃ」

カギトラはワゴンから飛び降り、テレ男の前に座りました。

咲月はまだ力の加減が上手くできないので、触られるとくすぐったかったり、痛かったりします。でもカギトラは怒りません。なんだか咲月は日ノ出家の中で、自分に一番近い存在のように感じるのです。

咲月は言葉を覚え始めたのと同時に、モノたちを名前で呼ぶようになりました。テレビはテレ男、炊飯器はタケル、時計は時蔵爺さん……。

〈パパ、テレ男のまなえはテベリ？〉

咲月が楽志にたずねました。「名前」と「テレビ」がなかなかうまく言えません。

〈サッちゃん、すごいね。そう『て、れ、び』の『な、ま、え』はテレ男だよ〉

楽志は優しく言い直しましたが、咲月は〈うん。テベリ！〉と自信満々で繰り返します。

「サッちゃんが言うなら、俺はテベリでもええよ。一生懸命言うてくれて、ええ子やなあ」

〈サッちゃん、みんなのまなえ覚えたよ。テレ男、タケル、時蔵じいしゃん、冷子しゃん……〉

「咲月は本当に賢い子じゃのお」

「いつも私たちの名前を呼んでくれて嬉しいわ。サッちゃん、天才ね」

時蔵爺さんも冷子も、嬉しそうに咲月を褒めちぎります。

「ほんとにサッちゃんは、今が一番可愛い盛りだわ」

「冷子さん、その言葉、サッちゃんが生まれた時からずっと言ってますよ」

タケルが言うと、みんな笑いました。

「可愛い盛りなのは素晴らしいねんけどなあ……。やっぱりちょっと寂しいなあ」

テレ男が画面を少し曇らせます。

咲月は言葉を覚えるにつれて、モノたちの声に反応しなくなってきたのです。モノたちはみんな、咲月に語り掛けているうちに気付きました。咲月が泣いている時だけ、自分たちのココロの声が咲月に届くのだと。だから咲月が泣くたびに、ココロの声で咲月をあやしていました。

でも最近は、咲月が泣き出してしまった時にみんなでココロの声を掛けても、どうやらその声は咲月に届いていないようなのです。

「本当に聞こえてないのかしらねえ」

冷子が寂しそうに呟きました。

「ワシはこれでよかったと思っておる。家康公もおっしゃっていた通り、ニンゲンとモノの境を越えるのは、よからぬことのような気がするのじゃ」

「爺さん、固いこと言わんでええやん。あーあ、今では、サッちゃんと少しだけお話できるのは、カギやんだけやな」

「お話ではにゃいけどにゃ。おい、咲月、みんなが呼んでるにゃ」

カギトラは咲月に向かってニャーと鳴き声を上げました。

咲月は〈カギちゃん、何かお話してる〉と言ってまたわしゃわしゃと触ってきます。

「ここはひとまず、逃げようかにゃ」

カギトラは、リビングから廊下へ飛び出しました。

お風呂場のとなりの脱衣所で洗濯機のシズルが一生懸命に洗濯をしているので、行ってみました。シズルは日ノ出家の全自動洗濯機。静かに流れると書いて、シズルです。音が静かな優れ物で、夜に洗濯してもうるさくありません。六キログラムの衣類を洗えます。

シズルのいる脱衣所は、テレ男やタケルたちがいるリビングや台所とは離れていますが、ココロの声で通じ合っています。カギトラは、時々シズルのところへ遊びに行くのです。

「ちょっと失礼するにゃ」

「あら、カギちゃんじゃないの。いらっしゃい」

「久しぶりに来てやったにゃ。元気だったかにゃ」

「ええ。楽志さんが最近、私を分解して洗ってくれたから、うんと元気よ」

「にゃんだって？　分解するにゃんて、ひどいじゃにゃいか！」

「違うのよ。洗濯槽のドラムを取り出して、クリーニングしてくれたの。今の職場のお仕事で、洗濯機を分解してきれいにする方法を覚えたんだって、私に話してくれたわ」

「分解して元通りにできにゃくなったら大変じゃにゃいか」

「大丈夫よ。今の楽志さんは、モノをきれいにするプロなんだから」

「それにゃら安心だにゃ。じゃあ、遠慮にゃく乗っからせてもらうにゃ」

　カギトラはシズルの蓋の上に飛び乗って、お腹をぺたっとくっつけて寝そべりました。

「あったかいにゃ」

　カギトラは、快適に過ごせる場所を探すのがとても得意です。洗濯中はシズルの蓋の上が電気の熱で温かくなることを知っているのです。今は春ですが、四月の間はまだ寒い日もあります。今日はシズルの蓋の上の温かさがちょうどよいのでした。

「タケル君の上のほうが温かいんじゃない？　ほかほかのご飯を炊いているんだもの」

「タケルの上に乗ったら、怒られたにゃ。ご飯に毛が入ったらいけにゃいって」

「それなら、私も同じよ。お洋服に毛がついたらまずいでしょう」

「どうせアイツらの服にはいつも俺の毛が付いてるにゃ」

「あはは。確かに、そうだわね。楽志さんも灯里さんもサッちゃんも、カギちゃんのこと大好きで、よく触れ合ってるものね。カギちゃんも、三人のこと大好きでしょう」

「まあ、嫌いではにゃい。飯をくれるからにゃ」

シズルは「カギちゃんは素直じゃないわね」と笑いました。

家の中には他にも温かい場所はいくつかありますが、カギトラは時々ふとシズルの大きな蓋の上に乗ってみたくなるのです。

「ねえ、カギちゃん、私はそろそろ、みんなとお別れかもしれないわ」

「にゃんでそんにゃことを言う？」

「だって、サッちゃんもだいぶ大きくなって、洗濯物の量もボリュームも増えてるでしょう」

シズルは、灯里が一人暮らしの頃から使っていた洗濯機。結婚した時に楽志が名前を付けました。二人の洗濯物ならばなんとか一回で洗えます。

でも三人分になって、咲月が大きくなると、一回では洗いきれなくなるというのです。

「シズルは、弱気になってるだけだにゃ」

シズルは「そうじゃないわ」と言って、ホースから排水口へ勢いよく水を流しました。

「きっともうすぐ大きな洗濯機に買い換えなきゃいけない時が来るわ」

「考えすぎだにゃ。楽志はケチだから、シズルが動ける間は新しいのを買ったりしにゃい」

「楽志さんの場合は、ケチなんじゃなくて、モノを大切に使って長持ちさせたいのよ」

「まあ、どっちでもいいにゃ。楽志はシズルを手放さにゃい。堂々とここに居ていいにゃ」

「カギちゃんは、優しいのね」

「俺はただ、あったかい場所が減ると困るからにゃ」

「次に来る洗濯機も、きっとあったかいわよ」

「どんなやつが来るか分からにゃいから面倒だにゃ。乗ったら怒るかもしれにゃい」

シズルはまた「素直じゃないのね」と笑うのでした。

「だんだん眠くなってきたにゃ」

やがてカギトラは、静かに洗濯物をすすぐシズルの蓋の上で、心地よい振動に揺られてすやすやと眠りに落ちたのでした。

しばらく後、カギトラはものすごい振動でゆり起こされました。

「いつも起こしてごめんね。洗いとすすぎは静かにできても、脱水だけはどうにもならないわ」

「シズルの大事な仕事だにゃ。元気なしるしだにゃ」

カギトラはそう言って、シズルの蓋の上からぴょんと飛び降りました。

「脱水だって、サッちゃんの服が増えて大きくなると、私の小さな体では難しくなるわ」

「大丈夫だにゃ。シズルは、まだまだ働けるにゃ」

のん気なふりをして、カギトラは、不安を振り払いました。

＊

テレ男は日ノ出家のテレビ。リビングの角のテレビ台の上に、薄型の大きな液晶画面を掲げてデーンと座っています。

「いやあ、スカイツリー様から送られてくる電波には、まだなかなか慣れへんわ」

一年前に、東京スカイツリーが完成しました。そして長い間東京タワーから発信されていたテレビの電波は、スカイツリーからの発信に切り替わったのです。

「スカイツリー様の電波は、高く飛んでる感じがして、受け取りにくい気がすんねん」

電波の発信元は変わっても、テレ男の仕事は変わりません。家康公の屋根の上にあるアンテナから電波を受信し、画面に映像を映し出し、スピーカーから音声を出すこと。

テレ男の三十二インチの液晶画面は、関西の工場の技術の結晶。二〇〇七年に製造された当時は、地上波デジタル放送対応の、最新の液晶テレビでした。

楽志との出会いは、隣の秋王子市にあるモノゴコロ市場つきみ坂店のテレビ売場。楽志は強いこだわりを胸に、メーカーや型番を決めて何件もリサイクルショップやネットオークションを探していたらしく「テレ男とは運命の出会い」だったとよく語ってくれました。

そんなテレ男の存在をおびやかす新しいモノが、チーム・やおよろずにやって来ました。

仕事から帰ってきた楽志は、食卓で、掌(てのひら)に小さくて平べったい板のようなものを握りしめて夢中で見入っています。テレ男はその様子を呆れながら見ていました。

「あいつは、ホンマに、新しいおもちゃをもらった子供みたいやなあ」

楽志がスマートフォンというモノを使い始めたのです。世の中では「スマホ」と呼ばれているようで、前までの折り畳み式の携帯電話とはだいぶ違います。画面が大きくて、電話やメールだけではなく、インターネットで動画を見たり音楽を聴いたり、いろいろなことができるようです。

半年前に灯里がスマホを使い始め、楽志も先月、モノゴコロ市場で中古品のスマホを買ってきたのでした。楽志は灯里に操作を教わりながら、毎日スマホに夢中になっています。

〈カギちゃんとサッちゃんで動画を撮ろう。はい、こっち向いて〉

楽志はスマホのカメラで動画を撮りました。

〈いやあ、すごいなあ。スマ秀が一台あれば、なんでもできちゃうなあ〉

スマ秀とは、楽志が付けた名前です。単純に、優秀だから「スマ秀」。最先端の技術を集めたスマホも、楽志が名付けると、なんだかパッとしない名前になってしまいます。

名前はさて置き、スマ秀は小さな体で、たくさんの仕事をこなします。

「近いうちにデジタルカメラも、ビデオカメラも、パソコンも必要なくなるさ。大きなノートパソコンを持ち歩かなくても、スマートフォンさえあれば仕事ができるようになる」

スマ秀は楽志の掌の上で得意げに言いました。

「はいはい、何でもできて、たいしたもんや。ところでおたく、名前は何ていうたっけ」

「アイフォン5だよ」

「そうやない。楽志に付けてもろた名前や。何やっけ？」

「センスのない日ノ出楽志が勝手に決めた名前だ。ぼくには関係ないね」

「ほお、恥ずかしくて言われへんのやろ。なあ、スマ秀さん」

タケルが「むだな争いはやめましょうよ」と止めますが、テレ男はお構いなしに続けます。

「スマホのスマ秀くん。秀でとるからスマ秀くんや。楽志お得意の、ダサダサネームやな。天才みたく気取っとるわりに、俺のテレ男とええ勝負やんか」

「中身で勝負できないから、名前をからかうしかないんだね。あわれなテレビだ」

「お？　スマ秀くん、怒っとるのか。悔しいんか」

「君たちに怒ったって、何も生み出せない。ぼくが見ているのは未来だ。君たちのような、新しい時代に乗り遅れた古いモノたちに用はない」

「日本でスマホを持っとる人の割合は、二〇一三年の時点で、三割ぐらいらしいで。この前、ニュースで言っとったわ。テレビならほとんどの家にあるで！」

　テレ男は反撃します。

「あと五、六年も経てば日本でも九割以上の人がスマートフォンを持つ世の中が来る」

「どうじゃろう。ひと時のブームで終わってゆくモノも多いのじゃ」

　長く世の中を見てきた時蔵爺さんが、振り子を左右に揺らします。スマ秀は「お爺さん、何も知らないんだね。海外ではスマホが主流になっているよ」と鼻で嗤（わら）いました。

　テレ男は、スマートフォンが日本で初めて発売された時のことを思い出しました。テレビのニュースでも大きく取り上げられていました。

「テレビは長い間、王様みたいにリビングの真ん中に居座ってきたようだね。でも君は電波を受け取って映像と音を流すだけの箱だ。ニンゲンがスマートフォンで好きな時に好きなものを、好きな場所で選んで見られる時代がすぐに来る。テレビは必要なくなるさ」

　スマ秀はテレビやラジオなどの古いモノを「時代遅れ」と見下すのでした。

「君たちのように電気コードに繋がれていなくても、ニンゲンのポケットに入り、いつでもどこでも掌の上で仕事ができるさ」

「お前かて、充電がゼロパーセントになったらおしまいやろ。電気の食いだめせんと動かれへん。それになあ、俺のことはともかく、他の仲間をバカにするようなことは許さへんで。お前に飯が炊けるか？　食べ物を保存したり氷を作ったりできるか？」

テレ男はだんだん本気で怒りはじめています。

「レベルが低い質問だ。近いうちに人工知能が発達して、ニンゲンは労働から解放される」

時蔵爺さんは「それでは、もはやSF映画の世界じゃなあ」と信じられない様子です。

「人工知能って、ロボットっていうことかしら？」

冷子の質問に、スマ秀は「まあ、そんな感じの理解でいいよ」と、すまして答えました。

スマ秀は、近い将来に料理やモノの配達やお店のレジにも、ニンゲンの手がいらなくなると言います。映画も小説も絵本も音楽も全て、人工知能が創り出してニンゲンを楽しませるのだと。

「ぼくらスマートフォンは人工知能の出発点みたいなものさ。日ノ出楽志のような問題の多いニンゲンでも、スマートフォンさえうまく使いこなせば、快適に暮らせる世の中が来る」

カギトラは「にゃんだか疲れるやつが入って来たにゃ」と呟きました。

その時、楽志がリビングに入ってきて、スマ秀を手に取ると、カギトラにカメラを向けました。

カギトラは「不愉快だにゃ」と言って、プイとそっぽを向きました。

「悪いけどぼくは、二十四時間、持ち主をサポートしなきゃいけない。ぼくは君たちと違って忙しいんだ。特に日ノ出楽志のような困った持ち主だとなおさら大変だよ」

「スマ秀さんって、仕事はできるみたいだけど、なんだか、いやな感じね」

冷子がぼそりと呟きました。

そうこうしている間にも、楽志は相変わらずスマ秀の画面に夢中です。

〈こんなに便利なものを、どうしてもっと早く使わなかったんだろう。スマ秀のおかげで、生活がすごく便利になる気がするよ。スマ秀、君は本当にすごいね〉

楽志はスマ秀にダメな持ち主だと言われていることも知らず、スマ秀を褒めちぎっています。

そしてスマ秀を手に持ったまま、二階へと上がっていきました。

「いやあ、ホンマにいけ好かんやつが入ってきたなあ」

テレ男は、焦っていました。このままでは、自分の仕事がなくなるのではないか、と。

確かにスマ秀の言うように、テレビも今や古い時代の家電です。昭和の時代からテレビは「お茶の間の王様」のようにリビングの真ん中にあり続けてきましたが、必要とされなくなる日も近いのかもしれないと、テレ男は少し弱気になりました。

「テレ男さん、大丈夫です。楽志さんはテレ男さんのことが大好きですから」

タケルが励ましてくれます。でもテレ男は、ＣＭやドラマなどでスマホの便利さをよく知っているからこそ、ますます不安になるのです。いつの時代にも、新しい技術の登場で、役目を終えていくモノたちがあります。テレ男は、次は自分の番なのかもしれないと思うのでした。

＊

スマ秀が日ノ出家に来てから約三ヵ月後の、秋の夜。楽志がラジ郎の電源ボタンを何度も押しては溜息を吐いています。

〈灯里さん、やっぱりラジ郎の電源が付かない……〉

「ラジ郎さん、どうしたんですか」

タケルは心配になって訊ねました。

「一度は電源オンになるが、すぐに消えちまうんだ」

ラジ郎は苦しそうな声を上げました。

大地震の後の計画停電の夜以来、楽志と灯里は時々ラジオを聴いたり、カセットテープで音楽を流したりしていました。カセットテープの音に懐かしさを感じて、再び聞くようになったのです。クイーンの『レディオ・ガガ』は咲月のお気に入りの曲になっています。

「ラジオのアンテナは元気で、スカイツリーの野郎が投げつけてくる電波をいつでもキャッチできるが、そもそも電源が入らねえんじゃ、もうお手上げだぜ」

せっかく活躍の機会を取り戻したラジ郎。でも電源が入らなくては仕事ができません。

「死にぞこないの俺にも、とうとう来るべき時が来たようだな」

「そない弱気でどうすんねん。どうせ楽志が操作のしかたでも間違っとるんやろ」

「いや、俺にはもう、とっくに限界が来てやがるんだ。自分の体のことは自分が一番良くわかる。寿命ってやつさ」

「何をニンゲンみたいなこと言うてんねん。うちら家電製品やで。電気さえあれば働けるやろ」

「そうですよラジ郎さん。きっと、今はちょっと調子が悪いだけです。まだまだラジオ番組やカセットテープの音楽を聞かせてください」

タケルの願いにも、ラジ郎は「すまねえ、俺はもうダメだ」と静かに答えました。

楽志が修理をしようとしましたが、機械の寿命でどうしようもないようです。

楽志と灯里がラジ郎をテーブルの上に置いて、話し合いを始めました。ラジ郎は、二人が出会うきっかけになった、特別なラジカセ。一度は出番をなくして小部屋の隅で埃をかぶっていましたが、その間も二人の心の中にあり続けていたのです。

「動けへんでも、ラジ郎はこの家におればええ。ご隠居暮らしでのんびりしとれや。テレビとラジカセ。ニンゲンを楽しませ続けてきた仲間やないか。なあ、時蔵爺さん」

テレ男が同意を求めますが、時蔵爺さんは黙って振り子を揺らしています。

その時、楽志が意を決したように言いました。

〈捨てよう。動かなくなったのに、ただ置いていてもしょうがない〉

「おい、楽志！　お前、それでええんか？　ラジ郎はほかのモノと別格やろう。お前は、ラジ郎がおらんかったら、灯里さんと出会ってなかったんやで！」

「そうよ。つまり、サッちゃんも生まれてなかったのよ！」

冷子もテレ男に賛同します。楽志や灯里には届かなくても、ココロの声で叫びました。

〈ぼくはモノを大切にしたい。だからラジ郎はもう捨てるべきだと思う〉

「言ってることが、ちんぷんかんぷんです。大切にしたいなら、捨てないはずです」

タケルには楽志の言っていることが理解できませんでした。

しかし灯里も〈動けなくなったら捨てる。それが自然だね〉と楽志に賛同しました。

「灯里さんまで、そんなこと言うて……」

みんなが楽志と灯里は薄情だと嘆き合いました。

「お前らの気持ちはありがてえが、そいつは余計なお世話ってもんだぜ。自分らの身に置き換えて考えてみたら、どう思う？　ただのお飾りで家の中に居続けたいか」

ラジ郎は皆に訊ねました。

「まあ、そう言われちゃうと、私はいやだわ。そもそもこんなに体が大きいから。仕事ができなくなったらただの邪魔者だもの」

冷子が悲しそうに言いました。

「そういうことさ。俺はもうゴミだってことだ。元々、灯里が要らないと思って、それでもフリーマーケットで売りに出してくれて、楽志に買われて生きながらえたんだ」

スマ秀は「君のサイズだと、間違いなく粗大ゴミの扱いになるね」と口を挟みました。

「一辺の長さが三十センチ以上あるモノは、粗大ゴミとして市に回収される。持ち主は二百円の粗大ゴミシールを貼って、ゴミ集積所に持って行かなければならない」

「よう冷たく解説しよるなあ……。ええ加減にせいよ！」

結局モノたちの願いも空しく、ラジ郎は粗大ゴミとして捨てられることになりました。


二日後の夜、楽志は仕事帰りに粗大ゴミ用のシールを買ってきました。

楽志はスマ秀のカメラでラジ郎を記念撮影し、労いの言葉をかけました。

〈ラジ郎、ありがとう〉

楽志がまだ二十歳にフリーマーケットで灯里から購入して、十三年以上になります。楽志は咲月に「ラジ郎はね、すごく長い間、働いてくれたんだ」と語って聞かせました。

それからラジ郎の上の面に粗大ゴミシールをていねいに貼り付けました。

どんなモノにも、いつかは必ず訪れる、お別れの日。分かっているのに、テレ男はラジ郎にかける言葉もなく、その様子を見ていました。

その時、スマ秀が「ぼくにラジオのアプリをダウンロードして使えば、ラジオも聞ける。安心して去りたまえ」と言い放ちました。

テレ男は「お前にはココロというもんがないんか！」とスマ秀を怒鳴りつけます。

でもラジ郎は「待て、待て」と落ち着いています。

「時代は過ぎる。だが俺たちモノの、それぞれの本分は変わらねえ。必要とされた時に働いて、必要とされなくなったらゴミになる。シンプルだ」

淡々と語り、テレ男に「ありがとよ」と礼を言いました。粗大ゴミシールを貼られたラジ郎。

「どうだ、似合ってるか。俺らしい勲章だぜ」と皆に語り掛けます。

前のように荒んだ声ではなく、晴れやかな声です。

時蔵爺さんは「ゴミになることは決して恥ずかしいことではない。モノとして精一杯使命を全うした証じゃ」とラジ郎を称えます。

「まさか、爺さんより先に俺がくたばるとはな」

「最後まで口の悪いやつじゃなあ」

「なんだかんだで、悪くはねえ一生だった」

周りのモノたちはしんみりとした雰囲気になってしまいました。タケルは「そうだ、ラジ郎さん」と弾んだ声で呼びかけました。

「歌を聞かせてくださいよ」

タケルのお願いに、ラジ郎は「お前は最後まで変なやつだなあ」と笑いました。

「物分かりの悪いやつだ。おれはもう、うんともすんとも音を出せねえんだ」

「そうじゃなくて、ラジ郎さんの歌です。ラジ郎さんのココロの声で歌を聞かせてください」

ラジ郎はもう、カセットテープの音楽を再生できません。ラジオの電波を受信して、番組を流すこともできません。でもココロの声で歌うことならできます。

「そういえば、ラジ郎自身の歌声というのは、ワシも聞いたことがないな」

たくさんの音楽を流してきたラジ郎だが、自らココロの声で歌ったことはありませんでした。

「最後に恥をさらすのはまっぴらだ」

嫌がるラジ郎に、冷子が「みんなで歌ったらどうかしら」と提案する。

「ほな、送別会代わりにみんなで歌うか。あ、そーれ、おーうぃひーいず、れでぃおがが」

テレ男がうろ覚えの英語で、クイーンの『レディオ・ガガ』を歌い出しました。

ラジオよ、新しいものが何だっていうんだい？　ラジオよ、まだお前を愛しているやつがいるんだ。

テレ男が歌い出し、タケルが、時蔵爺さんが、冷子が合流します。やがて、モノたちの大合唱になり、最後はラジ郎も諦めたかのように歌い出しました。この歌声は楽志や灯里や咲月には聞こえません。でも、千分の一でも届いていたらいいなあとタケルは思うのでした。

チーム・やおよろずのみんなにも、それに、名前の付いていないモノたちにも、神が宿っています。みんな、やおよろずの神に囲まれながら生きているのだと、タケルは実感しました。

真夜中の送別の宴は、明け方まで続きました。タケルもご飯を炊きながら歌い、泣き、笑って、ラジ郎との別れを惜しみました。

「テレ男、俺らも古ぼけたモノになっちまったなあ」

「アホ。お前と一緒にせんといてくれ」

テレ男は泣き笑いのココロの声で答えました。

「せやかて、テレビとラジオ。短い間やったけど、同じ東京タワー様やスカイツリー様からの電波を浴びた仲間やな。同じ釜の飯を食うた友みたいなもんや」

すると、ラジ郎は小さなココロの声で短く唄いました。

テレビよ、新しいものが何だっていうんだい？　テレビよ、まだお前を愛しているやつがいるんだ。

ラジ郎は「なんだか、だんだん眠くなってきやがった」と溜息交じりに言うと「じゃあお前ら、灯里と咲月、そして楽志を頼むぜ」と小さく笑いました。

＊

「一度手放したラジカセと、また一緒に暮らして、奇妙な縁だったよね」

灯里は楽志にそう呟き、モノで繋がった縁を不思議な気持ちで振り返った。

あれは大学三年生の時だった。

親友とフリーマーケットに店を出した。それぞれ一人暮らしの部屋から使わなくなったモノを持ち寄って、広い公園の青空の下、たくさんの人があちこちにシートを敷いて、その上に中古品を並べて売っていた。のんびりとした雰囲気が心地よかった。

親友とおしゃべりをしながら店番をしていると、同じ年頃の若い男が立ち止まった。それからしゃがみ込み、シートに身を乗り出し、ラジカセを食い入るように見つめた。

灯里が中学生の時に、お気に入りのバンドのＣＤを聴くために、お年玉で買ったＣＤラジカセだ。大学生になってから、コンパクトＣＤプレイヤーを買い、ラジカセは使わなくなったので、売りに出したのだ。

「このラジカセ、いくらですか?」

　男の質問に灯里は「三千円です」と答えた。こんなにいいラジカセが、本当に三千円なのか、何年ぐらい使っているのか、電池でも動くのかなど、熱心に聞いてきた。フリーマーケットには時々、下心で近付いてくる男性客もいるので、灯里は少し怖くなった。でも男は、心の底からラジカセが欲しいようだった。男は財布から千円札二枚と、たくさんの小銭を出した。シートの上に小銭を広げて数え終えると、男は頭を抱えてしまった。二千八百八円しかなかった。

　あまりに落ち込んでいるので気の毒になり、灯里は「二千八百円で大丈夫です」と言った。男は大喜びで「ありがとうございます」と何度も頭を下げ、ラジカセを大事そうに抱えて帰った。

　初めての出会いは、この一度きり。単なるフリーマーケットの出店者とお客さんだった。でも灯里の心には「二千八百円でラジカセを買っていった人」として強く印象に残った。

　それから五年後、灯里は結婚を約束していた男性と上手くいかなくなって別れ、仕事もなんとなく行き詰まっていた。気持ちを切り替えたくて、あの時と同じ公園のフリーマーケットに、一人で店を出した。着なくなった服や、使わなくなった雑貨などを並べて座っていると、目の前に男がすごい勢いで駆け寄ってきた。男は興奮した様子でいきなり質問してきた。

「ラジカセの人ですか」

　その言葉で、灯里も思い出した。二千八百円でラジカセを買っていった人だ。灯里が「はい、ラジカセの人です」と答えると、彼はまるで大親友と再会したかのように、大喜びした。それからラジカセのことを熱心に語り始めた。

男はラジカセのことを「ラジ郎」と呼んだ。名前を付けたらしい。ラジ郎はロックンロールな男で、いつも自分を元気づけてくれるのだという。灯里はおかしな人だと思った。でも、あの時二千八百円で売ったラジカセをずっと大事にしているのだと思うと、嫌な感じはしなかった。

ラジカセについての募る話がどんどん出てきた。なぜかもう少し聞いてみたいと思った。灯里は「よかったら一緒に店番をしませんか」と提案した。男は「お邪魔します」と靴を脱いでシートの上にあがってきた。

二千八百円でラジカセを買っていった人は日ノ出楽志という、とてもめでたい感じの名前で、自分と同い年だと知った。楽志は、元々テレビが大好きだが、ラジ郎のおかげでラジオを聴き始めて楽しみが増え、ラジ郎と出会えて本当によかったと、熱心に語った。

ラジカセで繋がったあの日からの五年間のことをお互いに話したり、聞いたりしていた。

フリーマーケットが終わった後、一緒に夕飯を食べに行った。

その後も、食事に行くようになった。とにかくモノを大切にする人だということは分かった。名前の通り楽天的で、でもささいなことで落ち込むこともある。一方で人のことを悪く言わず「ぼくはいつも周りの人に恵まれている」とよく口にした。

変わった人だけれど、それ以上に信じられる人だと思った。でもその時はまさか、フリーマーケットでラジカセを売っただけのこの人と結婚して一緒に暮らし、再び同じラジカセを使うことになるなんて想像すらできなかった。

楽志と、そして出戻りのラジ郎と再び一緒に暮らし始めてもうすぐ六年。

いま灯里は、楽志と二人で、粗大ごみシールを貼ったラジ郎を見つめている。

「ラジ郎がいなかったら、灯里さんとぼくは出会っていなかったかもしれないんだよね」

「本当に、そうだね」

灯里はふと、クイーンの『レディオ・ガガ』のサビを口ずさんだ。楽志も一緒に歌い出した。咲月が手拍子を打った。

灯里は、一台のラジカセとのめぐり逢いが、自分たちをここまで連れてきてくれたと思うことにした。そして今回のラジ郎との二度目のお別れの後も、もっといい明日になると信じた。

第四章　二〇一四年の洗濯機

春のよく晴れた朝、テレ男の画面には、朝のニュース番組が流れています。

テレ男は、いつもなら張り切って朝の仕事をこなしますが、今朝は少し気分が上がりません。

〈見てください！　一面の黄色。朝日に照らされた菜の花畑をお茶の間にお届けします〉

日ノ出家が毎朝見ているニュース番組で、六時半頃に挟まれる『お茶の間四季だより』。女性のレポーターが、広い広い菜の花畑の真ん中で、レポートをしています。

スマ秀が「『お茶の間四季だより』なんて、古臭い名前だ」と笑います。

「これからの時代、映像はお茶の間のテレビで見るものではなくなる。カフェでも電車の中でも、人はスマートフォンから見たいものを見て、聞きたいものを聞く」

楽志は朝ご飯の目玉焼きを箸でつまんでかじりながら、スマホを見ています。スマホにはニュースもどんどん入ってきて、新しい情報をすぐにチェックできます。

楽志はスマ秀の画面に黄身の欠片をこぼしてしまいました。〈ごめんよ、すぐきれいにするからね〉とスマ秀に語り掛け、柔らかい布地のクリーナーで画面を拭きました。

朝ご飯を食べ終えた楽志は着替えを済ませ、スマ秀をスーツの上着の内ポケットに入れてバタバタと仕事へ出て行きました。

「楽志も灯里さんも、スマホをひと時も離さず持ち歩いとるなあ。なんか腹が立つわ」

「そりゃ仕方ないわよ。便利なものは便利なんだから」

　冷子が諭すように言いました。

「でもやっぱり映像を見るならテレビや！　見ろ、この堂々としたでっかい液晶画面。あんなちっこい画面で映画やらドラマやら、見られたもんやないで」

「そうですよ、テレ男さん。確かにスマ秀さんは色々なことができてすごいです。でもいい映像を見るならやっぱりテレ男さんの大きい画面が一番ですよ」

「タケルは賢いやっちゃ。テレビの前で、一家団らん。今も昔も変わらへん」

「テレ男よ、自然の力に逆らおうとしても、それは無理じゃ」

「なんや、爺さん、うちらはハナっから大自然とは無縁の人工物やで」

「ワシが言っている自然とは、時の流れじゃよ。ニンゲンの生活は変わってゆくのじゃ」

　テレビは昭和の時代からお茶の間の真ん中にドンと置かれて、家族に囲まれ、みんなを笑わせたり泣かせたりしてきました。でも今は、ニンゲンの娯楽が他にもたくさんあります。

「時は移り変わり、ニンゲンの生活も変わる。新しいモノが次々と登場する。そして、どのように使うモノを選び、使い方を選ぶか。それは持ち主次第じゃ」

　そこへカギトラが「違うにゃ！」と猛然と駆け込んできました。

「楽志も灯里も、シズルを使い続けにゃいとだめにゃ」

「カギちゃん、いま洗濯機の話じゃないからシズルさんは関係ないわよ」

冷子が宥めるのも聞かず、カギトラは何やら怒って、出ていってしまいました。

夜八時頃、楽志がお腹を空かせた様子で帰ってきました。

「愚かな持ち主・日ノ出楽志が帰ってきたぞ。米は炊けているだろうね」

スマ秀が楽志のスーツの内ポケットから、偉そうなココロの声で訊ねてきます。

「日ノ出楽志の検索データから推測すると、彼は柔らかめの炊き具合を好むが、カレーライスを作る時は少し硬いほうがいい。分かってるだろうね」

タケルが「はい、もちろん」と答えました。

テレ男はスマ秀に「ご飯のことはタケルが一番分かっとる。指図すんな」と苛立ちをぶつけます。

夕食を終えると、楽志はスマ秀を持って二階へと上がっていきました。

日ノ出家の三人も二階で寝静まり、真夜中の暗く静かなリビングで、テレ男は物思いにふけっていました。思わず「はあ」とココロの溜息が漏れます。

キッチンカウンターから「テレ男さん、何か悩んでませんか?」と、タケルの声が聞こえてきました。

「あのちっこい画面のインテリ野郎に、仕事を奪われる時代が来とるのかもしれへんなあ」

「大丈夫です。楽志さんはテレビが大好き。テレ男さんが大好きですから」

「その点は、タケルの言う通りじゃ」

時蔵爺さんもテレ男を励まします。

「一人暮らしをはじめた楽志が、まず何をしたか、ワシは知っておる。寝る間も惜しんでテレビをみておった。好きなだけテレビをみるのが、あやつの夢じゃったからな」

テレ男は呆れながらも、でも嬉しくて少し笑ってしまいました。

「やっぱり楽志は昔からアホなんやな」

「楽志は末っ子で、いつもチャンネル争いに負けておった。そこであやつは考えた。東京の大学に行って一人暮らしをすれば、テレビを独占できると考え、猛勉強したのじゃ」

受験勉強には楽志の極端な集中力が上手く合って、都内の私立大学に合格したそうです。

「下宿のワンルームアパートで十四インチのテレビデオを買って、テレビばかりみておった」

「嘘やろ。そんな気休めは、いらんで。それにしてもタケルはたいしたもんや。スマ秀がどれだけ賢くても、飯は炊かれへんからな」

テレ男は寂し気に笑いました。

「ご飯だけじゃにゃい。洗濯だって、スマ秀にはできにゃい」

カギトラが会話に割って入ってきました。

「日ノ出家の服を洗濯できるのはシズルだけにゃ！」

＊

蒸し暑い夏の夜、咲月が寝静まった後、楽志と灯里がリビングで言い争っています。

タケルは「楽志さんと灯里さん、大丈夫でしょうか……」と呟きました。

「一緒に暮らしておれば、たまには言い合いぐらいするじゃろう」

時蔵爺さんは落ち着いた様子で振り子を揺らしています。でもタケルは少し心配になりました。

二人の言い争いは時々ありましたが、今日は長引いています。

〈シズルはまだまだ動けるじゃないか。大切に使えばもっと長く活躍できるよ〉

〈動ければいいってわけじゃないんだよ。うちの今の生活に合ってないの〉

灯里が苛立たしそうに反論します。咲月の洗濯物が増えて、体も大きくなるにつれ、洗濯物のボリュームもだんだん増えていきました。

〈だからって、ちゃんと動いているものを買い換えるなんて、ぼくは反対〉

〈私もこれから会社で仕事が増えてくるから、もっと手早く洗濯をすませたいの〉

料理教室の会社に勤める灯里は三年間休職していましたが、先月、本社の仕事に復帰しました。

〈じゃあ、ぼくがシズルで洗濯をするよ。灯里さんに任せきりだと申し訳ないし〉

〈そんなにたくさんのことはできないでしょう？〉

楽志は複数のことを同時にやるのがとても苦手です。楽志にあまり家の仕事を任せたら、日ノ出家は滅茶苦茶になってしまうかもしれません。

楽志はすでに部屋や風呂の掃除とゴミ捨て、それに時々、簡単な料理もしています。これだけでも、楽志にとっては奇跡のような進歩です。モノたちも驚いていたところでした。

しかし洗濯となると話は別です。

シズルは、洗い、すすぎ、脱水までは自動でできますが、乾燥機能がありません。

冷子が「洗濯までは、楽志さんには無理じゃないかしら」と呟きます。

「当然、干し忘れるやろうな。アホやから」

〈ドラム式洗濯機なら、乾燥まで自動でやってくれるから、スイッチを押すだけで仕事に出掛けられる〉

〈灯里さん、ドラム式洗濯機の値段は分かってる？　すごく高いんだよ〉

〈分かってるよ。だからリサイクルショップで安く買えばいいでしょう〉

〈シズルは大事な洗濯機だよ。ぼくはモノを大切にしたい。値段の問題じゃないんだ〉

〈値段の話を先に言い出したのはあなたでしょう〉

灯里が楽志を「あなた」と呼ぶ時は、かなり怒っているサインです。

〈朝五時に起きて洗濯機を回して、あなたと咲月の朝ご飯の支度を終えて、最後にようやく一枚一枚、しわをのばして部屋干しするの。これを毎朝やってから仕事に行ってるの〉

灯里はまくし立てます。よほど朝の洗濯が負担になっていたのでしょう。タケルは、キッチンで時間に追われる灯里を毎朝見ているので、その気持ちがよく分かりました。

〈灯里さん、一人で家の仕事を抱えすぎないで。洗濯ぐらいならぼくにもできるから〉

〈洗濯ぐらいなら？　よく言えるわね、そんなこと〉

〈ぼくに任せてくれたらいいじゃないか。ぼくだって家の仕事を頑張ってる。だから……〉

〈はっきり言うけど、あなた、洗濯はまともにできないでしょう。前に洗濯を任せたら、洗剤を入れ忘れるし、干し忘れるし。結局、私が最初から全部やり直したよね？〉

洗濯は、何か一つの手順を忘れたり失敗したりすると大変です。ただでさえ時間がかかる作業を一からやり直さなければなりません。

「楽志と灯里さん、珍しく派手に喧嘩しとるな。大丈夫か」

　さすがに、いつも呑気なテレ男も心配そうです。

〈リサイクルショップでドラム式洗濯機を買って、シズルは売ればいい。それならいいでしょう。捨てるんじゃなくて、売ってよそで使ってもらえるようにすればいい〉

　シズルは灯里が大学生で一人暮らしを始める時に買い、十年以上使っています。タケルは、灯里にも、シズルに対する愛着があるのだと感じました。

〈残念だけど、シズルは一九九八年製だから、古くて買い取れないよ。だからシズルは、動けなくなるまでうちで活躍させてあげたいんだ〉

　楽志が諭すように言います。テレ男は「楽志はアホなやつやな」と呟きました。

「楽志こそ、何も分かっとらん……もっともらしいこと言うて、楽志のわがままやな」

「シズルさん自身は、どう思ってるんだろう」

冷子は、離れた場所にあるシズルの気持ちを心配しています。タケルも同じです。

「シズルさーん、今の話、聞こえてた？」

冷子の呼び掛けにシズルが「全部聞いてた。楽志さん、間違ってるわ！」と答えます。

「灯里さんは私を粗末になんかしてない。むしろ、よく今まで使ってくれたわ」

一人暮らしを始めた頃の、灯里は晴れた日に洗濯物をベランダに干すのが好きだったと、シズルは懐かしそうに語ります。

「脱水してしわくちゃになった洗濯物をパン、パン、ってのばして、鼻歌なんか唄ってたわ。灯里さん、アイロンをかけるのも好きで、アイロンのシューッていう音を聞きながらシャツを伸ばしていると心が落ち着く、なんて言ってたっけ」

「楽志にそれをやらせればいいにゃ。俺もやるにゃ。猫の手を貸してやるにゃ」

「ありがとう。カギちゃんは、アタシの上に乗って温まるのが好きだものねえ」

「その通りだにゃ。シズルの上はあったかいし、落ち着くにゃ」

「でも私は灯里さんの望み通りになってほしいわ。母親になって、仕事にも復帰して、いまは時間が足りない。一人暮らしの頃と同じようにはいかないもの」

シズルは淡々と語りました。

「でも楽志さんの『モノを大切にしたい』という気持ちも、ぼくは分かります。だって楽志さんはずっとそうしてきて、灯里さんに出会えたんですよね」

今の楽志が正しいか間違えているか、タケルには分かりません。でもタケルは、楽志の「モノを大切にする」気持ちは応援したいと思うのです。

「タケルよ。我々モノの使命は何じゃと思う」

「ぼくは、ニンゲンの暮らしを少しでも便利にすることだと思います」

タケルは迷わず答えました。タケルたち炊飯器は、かまどでご飯を炊く大変な作業からニンゲンを解放したのです。今では、タイマー炊飯や早炊きなど、便利な機能も付いています。

「なるほど。その考え、ワシは半分賛成、半分反対じゃ」

時蔵爺さんの言うことが、タケルには理解できません。

「一番大事なのは、持ち主の暮らしに寄り添うことじゃとワシは思う。便利さを求めるかどうかは、持ち主の気持ち次第じゃ」

「灯里さんは、手間のかかる私を使い続けてくれた。灯里さんは晴れた日に洗濯物を干すのが好きだった。便利さとは違う理由で使ってくれてたの。だから私も喜んで仕事に励んできたわ」

シズルが灯里との日々を振り返ります。

「でも今は、灯里さんの求めるものが違ってきたのよ」

「それは何でしょうか」

「時間よ。子育てをしながら職場に復帰した灯里さんには、晴れた日の早朝に洗濯物を干して心を落ち着けている時間なんてない。今こそ灯里さんは、さっきタケルちゃんが言った、便利さを求めている。だから、私は日ノ出家から去るべきだと思うの」

楽志と灯里は、シズルのことで口論を続けています。

「時間に追われている灯里さんの気持ちに反して、日ノ出家に居座るなんて、私としては悲しいことよ。楽志さんは、モノが勿体ないという考えに囚われすぎているわ」


日曜の朝、楽志は仕事で灯里は休みの日です。

カギトラはリビングのキャットタワーの上で寝そべっています。

楽志が出勤してしばらく経った後、玄関の呼び鈴が鳴りました。灯里が玄関のドアを開けて応対すると、若い女性たちが三人、家の中に入ってきました。

みんな大きな声で「お邪魔します！」「失礼します！」と灯里に挨拶しています。

「元気のええ女の子たちが来たなあ。何事や」

カギトラは脱衣所に隠れました。知らない人が家に来た時は、見つからない場所に隠れることにしています。ところが、三人は灯里に案内され、廊下を通って脱衣所に入ってきました。

カギトラはまた別の場所へ隠れるために、脱衣所を出ようとしました。しかし、灯里の言葉で、ふとその足を止めました。

〈これなんだけど、どうかな？〉

灯里がシズルを指差して、女の子たちに訊ねました。

〈思ったよりも全然きれいです。先輩、これ、本当にいただいちゃっていいんですか？〉

〈古いけどまだ十分動くから。使ってあげて〉

灯里と女の子たちの会話から、カギトラは何が起きているか分かってしまいました。

「どうやら私、この女の子たちに引き取られるみたいね」

　シズルは落ち着いた様子で言いました。

「昨日、灯里さんが、洗濯機の内側を洗うための洗剤を入れて、私を回してたのよね。誰かに売るか譲るか考えてるんだなって、気付いた」

　カギトラは猛ダッシュでリビングに駆け込んで、みんなに報告しました。

「大変にゃ、シズルが連れて行かれるにゃ」

「連れて行かれるって、どこへ行くねん？」

「分からにゃい。灯里とあの女の子たち三人が話をしてるにゃ」

　そうこうしているうちに、灯里に連れられて三人がリビングに入ってきました。

〈よかったらコーヒーでも飲んで一休みしていって〉

　三人は恐縮した様子で食卓の椅子に座り、灯里はコーヒーを入れて三人に出しました。三人は、灯里のことを「先輩」と呼んでいます。話を聞いているうちに、大学のバドミントン部の部員で、近くの一軒家を寮にして一緒に生活していることなどが分かってきました。

「灯里は、大学でバドミントン部のキャプテンじゃった。楽志とそんな話をしておったわ」

　時蔵爺さんが言いました。灯里は社会人になってからも、時々コーチのような立場で練習の指導に行って、大学のバドミントン部に顔を出していたそうです。

　三人は寮の備品がいろいろと古くなって困っていたようです。洗濯機も壊れてしまい、最近は練習着やユニフォームをコインランドリーで洗っていたのだと言います。

「シズルを連れて行かにゃいでくれ！」

カギトラは、みゃーみゃーと、鳴いて訴えかけました。

「もういいのよ、カギちゃん。灯里さんは、ちゃんと私のことを大事に思ってくれていたのよ。カギちゃんたちとお別れするのは寂しいけれど、新しいお家で頑張るわ」

「カギやん、もう諦め時や。寂しいけど、灯里さんの負担を減らすのが最優先や。それに、シズルは新しい場所で活躍できるんや」

カギトラは、頭では分かっているのですが、どうしても寂しさが消えません。

〈珍しいわね。カギちゃんは、お客さんが来るといつもはすぐに隠れるのに〉

女の子たちは〈私たち、猫に好かれるのかな〉なんて言いながら笑っています。

〈先輩、これ、よかったら、お土産（みやげ）です。親子で楽しんでください〉

キャプテンの女の子が手渡したのは、幼児用の小さなおもちゃのラケットとシャトルです。

〈ママはバドミントンが上手なんだよ〉

咲月はお姉さんたちから恐る恐るラケットを受け取ると、おぼつかない動作で、ぶんぶんと振りました。三人の女の子たちに「すごいね！」「上手だね」などと言われて、咲月はにこにこ笑ってご機嫌になっています。

灯里はお礼を言って、咲月に「お姉さんたちにもらったこれで、今度ママと遊ぼうか」と言うと、咲月は嬉しそうに「うん」と頷（うなず）きました。

「こんなちっぽけなおもちゃと交換で連れていかれるにゃんて、ひどいにゃ」

女の子たちはコーヒーを飲み終えると、いよいよ脱衣所でシズルを運び出しにかかりました。シズルのホースを排水口から取り外し、三人がかりで持ち上げようとしました。

〈うわ、ヤバ。けっこう重たいね〉

苦戦する三人の女の子に、シズルは「がんばれ、がんばれ」と声援を送っています。

「にゃにを呑気なこと言ってるにゃ。動かにゃくていいにゃ」

灯里も一緒になって、四人がかりで持ち上げ、とうとうシズルの体が宙に浮きました。

四人はシズルの四隅をつかんで、よいしょ、よいしょと少しずつ廊下を進んでいきます。

リビングの横に差し掛かりました。テレ男が「シズル、達者で頑張るんやで」と言葉を贈ります。シズルは「みんな、元気でね」と、モノたちにお別れの挨拶をしました。

灯里が玄関の扉を開けると、家のすぐ前にワゴン車が止めてありました。

〈カギちゃん、お見送りに来たのかな〉

「今までありがとうにゃ！　シズルはあったかくて、優しかったにゃ！」

「こちらこそ、ありがとう。カギちゃんが私の上ですやすや眠ってくれて『ああ、私には洗濯のほかにも誰かに喜んでもらえることがあるんだわ』って思えたの。元気でね」

シズルはそう言って、去っていきました。

午後になって、シズルの代わりに入ってきたのは、中古のドラム式洗濯機です。作業着姿の男性二人が脱衣所に運び込んで、あっという間に設置していきました。

カギトラは、その姿を眺めました。丸いドアが前に付いていて、シズルとは全然違います。

「お前、本当に洗濯機にゃのか？」

カギトラはココロの声で語り掛けますが、新しい洗濯機は何も答えません。楽志が名付けたモノではないので、ココロの声で通じ合うことができないのです。

夜、楽志が仕事から帰ってきました。二階でスーツから部屋着に着替えて、一階に下りてくると、Ｙシャツなどの洗濯物を持って脱衣所へと入っていきました。

「楽志のやつ、どんな反応するやろうか」

案の定、脱衣所から言葉にならない叫び声が聞こえ、楽志がリビングに駆け込んできました。

〈灯里さん、シズルがいないんだけど！〉

〈今日買い換えたから〉

〈なんでそんな大事なことを……〉

〈こうでもしないと、いつまで経っても洗濯機を買い換えられなかったでしょう〉

〈ぼくはシズルをまだ大事に使いたいと思っていたのに、まだちゃんと動けるシズルを捨てて新しいのに買い換えるなんて……〉

楽志は両手でくしゃくしゃと髪の毛を掻きむしりました。

〈捨ててなんかないよ。大学のバドミントン部の後輩にゆずったの〉

テレ男の画面には、たまたま家電量販店のＣＭが流れています。テレビというモノは、つくづく間が悪く、その場を気まずくするような映像を流すことがよくあります。

ハナダ電機の大セール！　人気のドラム式洗濯機もなんと三割引きから！

「テレ男ちゃん、その空気読んでないＣＭ、どうにかならないのかしら……？」

「読めへんのは空気やなくて電波や。俺かて気まずいねんけど、どうにもできへん。このチャンネルに合わせとる楽志と、この電波を送ってくるスカイツリー様に言うてくれ」

終わったと思ったら、同じ家電量販店のＣＭが二度続けて流れました。

「最悪や……楽志、電源切ってくれ！　あーっ、昔のテレビみたく画面を砂嵐にしたい」

昔のアナログテレビの時代は、電波が乱れたり放送されていないチャンネル番号に合わせたりすると、ザーッという雑音が流れて「砂嵐」と呼ばれる白と黒の砂のような画面が映りました。でも、地上波デジタルテレビでは砂嵐は流れません。

楽志は少し黙ってから、急に話題を変えました。

〈ドラム式洗濯機って二十万円ぐらいするよね。あの洗濯機、いくらしたの？〉

〈七万八千円よ。中古だから。古い洗濯機は後輩にゆずってこれからも使われる、新しい洗濯機も中古品を使う。文句ないでしょう？〉

タケルは思いました。聞けば聞くほど、灯里の言うことは間違っていないし、モノを大切にする楽志の考え方も、ちゃんと取り入れています。

〈ぼくはシズルに愛着があった。ぼくよりも長く使っていた灯里さんも同じでしょう？〉

〈私だって使えるモノはできるだけ長く使ったほうがいいと思ってるよ。でも、私の時間はどう思ってるの？　私の時間は大切にしようと思わないの……？〉

〈時間のことだって考えてるよ。だから、ぼくも洗濯を頑張ろうと思ったんだ〉

二人の口論はずっと続きました。

「楽志はモノを大切にすることと、モノに執着することをはきちがえておる」

時蔵爺さんが呆れた様子で振り子を揺らしています。

「要するに日ノ出楽志は、過去の成功体験や思い込みに囚われて凝り固まっているんだね」

スマ秀が嘲笑います。

「モノを大切に使っていればいいことが起きるという考え方を、他人に押し付けている」

「言い方は気に入らんけど、今回ばかりはスマ秀に賛成や。楽志は灯里さんの苦労も気遣いもなんも考えず、駄々をこねてるだけや。ホンマにアホやな」

「本当に残念なやつだにゃ！　灯里の気持ちも、シズルの気持ちも、全然わかってにゃい」

日ノ出家の洗濯機事件は、楽志と灯里の間に思いもよらぬ溝を生み、二人は咲月を通した会話しかしなくなってしまいました。


夏の終わりの雨の日の朝、水色のレインコートを着た咲月が、廊下からリビングに入ってきて〈行ってきます！〉とモノたちに向かって、お出掛けの挨拶をしました。

モノたちもみんなココロの声で「行ってらっしゃい」と答えます。

「サッちゃんはご挨拶もできてホンマにええ子やなあ」

今朝は楽志が保育園に咲月を送っていきます。

四歳になった咲月は、できることがたくさん増えました。今日は小さな傘を持って張り切っています。傘をさして歩くのが好きなのです。

〈傘をくるくる回すと楽しいんだよ〉

咲月は廊下で傘を開いてしまいました。カギトラに見せてあげたかったようです。

〈サッちゃん、おうちの中では傘を開かないんだよ〉

楽志に注意され、咲月は不慣れな手つきで「よいしょ」と傘を閉じました。

「水色のレインコート、とても似合ってるわね」

冷子が優しいココロの声で言いました。

〈テレ男のスイッチ消してあげなきゃ。天気予報を教えてくれてありがとう〉

咲月はテレ男にお礼の言葉を掛け、リモコンの赤いボタンを押して電源を消しました。

テレ男は涙声で「サッちゃん、ええ子や……おっちゃんは嬉しいで」と言いました。

「サッちゃん、行ってらっしゃい。今日は雨も風も強いから気を付けてね」

タケルは、玄関に向かって声を掛けました。

声は届かないと分かっていても、みんな咲月に行ってらっしゃいと声を掛けます。

咲月には、一日、一日、できることが増えていきます。

たとえば、嫌がっていたレインコートを着られた時、傘をさせるようになった時、みんなで咲月の小さな成長を喜びます。新しいことができるようになる度、モノたちも嬉しくなるのです。

咲月の成長は嬉しい一方で、楽志と灯里の間にできた大きな溝に、タケルやチーム・やおよろずのみんなは日に日に不安を募らせていました。

第五章　二〇一五年の自転車

五月の日曜日の薄曇りの午後、モノゴコロ市場すみれ台店に、一組の親子連れが来店した。

父親と女の子だ。父親は楽志と同年代ぐらいの、見るからに優しそうな男性。小学生らしき女の子は自転車を押して店に入ってきた。水色の子供用自転車だ。

「この自転車、買い取っていただけないでしょうか」

父親の隣で女の子は自転車の脇にたち、両手でハンドルを握って俯いている。

四歳の頃から補助輪を付けて乗り始め、五歳で補助輪を外し、九歳になる今まで愛用してきたという。でも身長が伸び、一回り大きな自転車を新たに買ったそうだ。

「娘がこの自転車に愛着が強くて、捨てないで誰か他の子に使ってほしいと言うんです。どんなに安くてもいいので、買い取っていただけないかと思いまして」

自転車はかなり使い込まれている様子で、水色のペダルが薄く変色している。

これは中古品を扱っている自転車の専門店に持って行っても買い取ってはもらえないだろう。

「補助輪は、ありますか」

「はい。保管してあったので、持ってきました」

「分かりました。買い取らせていただきます」

買取の査定額は八百円。小さな頃からたくさん乗ってきたようで、車体の塗装が所々傷付いていて、前カゴのへこみもあるので、この値段が精一杯だった。

「ありがとうございます」

父親は丁寧にお礼を言った。女の子も「ありがとうございます」と頭を下げた。

それから、最後の記念撮影のために、女の子は小さな自転車にまたがった。

父親が、スマホのカメラで写真を撮った。女の子は精一杯の笑顔を作った。

女の子は、最後に店の外を少しだけ走りたいと言って、出ていった。

「本人はまだ乗れるって言い張っていたんですけど、あんな感じです」

背丈に比べて自転車の高さが低すぎて、ペダルをスムーズにこげないのだ。

女の子は歩道を三十メートルぐらいゆっくり走ると、Uターンして戻ってきた。サドルから降りて自転車に「ありがとう」と声を掛け、手でハンドルをそっとなでた。

そして楽志に向かって「よろしくお願いします」と頭を下げた。目に涙を溜めながら、一生懸命この自転車とのお別れを受け入れ、次の活躍を祈っている。

「かしこまりました。大切にされてきた自転車、必ず新しい持ち主が見つかります。リサイクルショップは、モノと人とがめぐり逢う場所なんです」

楽志は女の子と固い約束を交わして水色の小さな自転車を買い取った。

「君はまだまだ小さな子供を乗せて走りたいよね。大丈夫。ぼくに任せて」

楽志は小さな水色の自転車に声を掛けながら、補助輪を取りつけた。それからバックヤードへ入り、事務机のパソコンで作業をしていた物井店長を呼んだ。

「店長、お願いがあります。この自転車の販売価格の決定をお願いします」

「どうしたんですか、改まって。日ノ出さんにお任せしますよ」

「いや、店長に決めていただきたいんです」

物井店長は首をかしげながらも自転車の隅々を確認し、「四千八百円」と言った。

「分かりました。一週間ほどこの自転車をバックヤードに保管してもいいですか？」

「早く売場に出してあげたほうがいいんじゃないのかな？」

「ぼくが買い取ります。来週、娘の五歳の誕生日なんです」

「なるほど。娘さんの誕生日プレゼントですか」

つい最近、咲月は保育園の友達と自転車の話をしたようで、自分も乗ってみたいと言っていた。今日女の子から買い取った自転車は、咲月の大好きな水色だ。きっと喜んでくれるはずだと思った。社員割引も使って、四千三百円余りで買うことができた。


一週間後の咲月の誕生日の夕方、早番の勤務を終えた楽志は、小さな水色の自転車を店から家まで配送してもらった。副店長が店の車を運転して、送ってくれた。店の車から家の前に自転車を降ろすと、灯里がちょうどサッシ窓を閉めようとしているところだった。

「その自転車、どうしたの」

「サッちゃんの誕生日プレゼントだよ。モノゴコロ市場で買ってきた」

楽志が答えると、灯里は大きな溜息を吐いた。

「生まれて初めての自転車ぐらい、新品を買ってあげてもいいんじゃない？」

「新品がいいなんて決め付けだよ。この自転車は大切にされてきた自転車なんだ」

言い合っていると、咲月が窓から顔を出した。楽志は咲月に小さな水色の自転車を見せた。

「じゃーん。誕生日プレゼントだよ。今日からこれが、サッちゃんの自転車だ」

「うわー、ありがとう！　自転車、欲しかったんだ！」

咲月は大喜び。そして、玄関から庭に飛び出してきた。

「これはね、小学三年生のお姉さんが大切に使っていた自転車なんだよ」

「じゃあ、サッちゃんもパパの真似して、この自転車に名前を付けようかな……」

咲月は自転車をじっと見つめて少し考えると「あ」と呟いた。

「水色だからソラちゃん。この自転車の名前はソラちゃんにする！」

「すごくいい名前だね」

楽志が言うと咲月は「ソラちゃん、よろしくね」と小さな水色の自転車に語り掛けた。

「ほら、喜んでくれたでしょう？　中古でも、優しいお姉さんから受け継いだ自転車だから、サッちゃんもより嬉しい気持ちになったんじゃないかな」

楽志は得意になって灯里に言った。

「そうだね。私は自転車ぐらいは新品のほうがいいかなと思ったけど、サッちゃんが喜んでるなら問題ないと思う。本人の気持ちが一番大事だから」

つい先程まで怒っていた灯里は、楽志の言葉をあっさりと受け入れた。咲月の気持ちを一番に考えて、灯里はこれでよいと思ったのだろう。楽志は急に恥ずかしくなった。考えを押し付けていたのは、自分のほうだったと気付いたのだ。

咲月は水色の自転車のソラちゃんにまたがって、ペダルをこぎ出した。猫の額ほどの狭い庭だが、ペダルを三、四回こいではUターンして、何度も行ったり来たりする。

補助輪がガラガラと回る音が、夕暮れの庭に小気味よく響く。

「ソラちゃん、楽しいね」

咲月は笑い、はしゃぎながらソラちゃんに語り掛ける。しばらくソラちゃんを乗り回すと、咲月は「ソラちゃん、水色がちょっとはがれてる」とボディを見回した。

「雲とかお日様のシール持ってるから、ソラちゃんのケガしてるところに貼ってあげるね」

咲月はバタバタと家の中へ入るとすぐに庭へ戻ってきて、ソラちゃんのボディのあちこちにシールをペタペタと貼り始める。

「雲とお日様のばんそうこうだよ。ソラちゃんのケガが治ったね」

小さな水色の自転車は、咲月オリジナルデザインの自転車「ソラちゃん」になった。

楽志は嬉しく思いながらも、一方でふと、もやもやした気持ちに囚われた。

背丈が合わなくなった自転車を誰かに使ってほしいと願って店に売りに来た女の子。その自転車をプレゼントしてもらって、大喜びする咲月。

何か最近、同じようなことがあったような気がする。

楽志は急に思い出して「シズル……」と独り言を呟いていた。

シズルはこの先も、灯里の後輩たちが暮らす家でみんなに重宝され、活躍するだろう。

つい先ほど、喜ぶ咲月を見ながら灯里が言ったことを思い出した。

〈咲月が嬉しいなら問題ないと思う。本人の気持ちが一番大事だから〉

泣く泣く店に自転車を売りに来た女の子も、きっと次の新しい自転車に同じように愛着を抱いて、大切に思いながら乗るだろう。そして咲月に受け継がれた『ソラちゃん』はこれからまた、咲月を乗せて活躍するだろう。

楽志は、モノを長く使うことに囚われていた。そうではなく、モノは必要とされる人の側でこそ活躍できるのだと思い知った。

どうしてあの時、灯里の気持ちを一番に考えてシズルを新しい場所に快く送り出せなかったのだろう。自分の考え方ばかり押し付けようとしていたことが本当に申し訳ない。

楽志は灯里に謝ろうと思った。でも、なかなかそのタイミングが見つからなかった。

＊

今夜は咲月の五歳の誕生日パーティーです。

咲月のリクエストで、夕食のメニューは炊き込みご飯と豆腐の味噌汁。咲月は炊き込みご飯が大好きなのです。スーパーで売っている鶏五目炊き込みご飯の素を米と一緒に入れて炊くだけですが、タケルは張り切って炊きました。

前の晩に楽志が〈本当に炊き込みご飯でいいの？〉と聞きました。誕生日だから何か特別なメニューのほうがよいと思っている様子でした。でも咲月は大きく頷いて〈タケルが炊いた炊き込みご飯がいい〉と答えたのでした。

「バースデー炊き込みご飯を炊くなんて、炊飯器として、こんなに嬉しいことはないわね」

冷子が自分のことのように喜んでくれました。

「いっぱい炊いたので、バースデー炊き込みご飯はかなり残ると思います。きっと灯里さんがおにぎりにしてくれるので、ぼくの釜から冷子さんの冷凍庫にバトンタッチです」

「任せてよ。お誕生日の思い出と美味しさを冷凍保存するわよ」

咲月は〈サッちゃんが自分でご飯よそう！〉と張り切っています。踏み台の上に乗って、しゃもじで内釜の中からご飯をすくいました。小さな茶碗の中に、炊き込みご飯が盛り付けられていきます。咲月にまた一つできることが増えて、タケルは嬉しく思いました。

しかし次の瞬間、タケルはココロの声で叫びました。

「サッちゃん、危ない！」

しゃもじを握った咲月の右手の甲が、タケルの内釜の縁（ふち）に当たったのです。少し触れるだけなら軽い火傷（やけど）で済みますが、咲月の右手の甲は内釜の縁に押し付けられるような形になりました。

咲月は〈熱い！〉と叫んで、しゃもじから手を放しました。

〈大丈夫？　ああ、ちょっと赤くなってるね〉

灯里は咲月の手をシンクの水道の蛇口の前にかざして、水を流して冷やしました。

「サッちゃん、ごめんね。水ぶくれになっちゃったかな……」

謝ってもどうすることもできませんが、タケルは謝らずにいられませんでした。

〈タケル、大丈夫だよ。ちょっと熱かっただけだからね〉

咲月は目に涙をためながらも、タケルのほうを向いて声を掛けてくれます。

〈初めて自分でご飯をよそえたね。ちょっと熱かったけど、嬉しいね〉

灯里が語り掛けると、咲月は〈うん、初めてよそえた！〉と笑顔になりました。火傷も水で冷やして大事には至らなかったようで、モノたちもひと安心です。

テレ男の画面には、咲月の好きなアニメ『アイドル戦隊ファニキュア』が流れています。レコ美に録画してあったものを再生しているのです。

「レコ美ちゃんと俺も、ええ仕事ができて嬉しいなあ」

「本当に、咲月さんのご成長がうかがえてわたくしも嬉しく思います」

食後は、咲月が好きなチョコレートケーキでお祝いです。ろうそくを五本立て「ハッピーバースデー」の歌を唄います。

モノたちも「サッちゃんおめでとう」とお祝いの言葉を掛けました。咲月にはもう、モノたちのココロの声は聞こえていません。それでも言わずにはいられないのです。

咲月の口から出てくる話題は「ソラちゃん」一色でした。話によると、楽志が咲月の誕生日のプレゼントとして、自分の店から中古の子供用自転車を、買ってあげたようです。

ささやかな誕生パーティーも終わり、日ノ出家の三人は眠りに就きました。

カギトラも、リビングのキャットタワーの上でいびきをかいて寝ています。

その時、どこからか「こんばんは」と、小さくて、か細い声が聞こえました。

どうやら、サッシ窓の外からのようです。その声は、小さな自転車のココロの声でした。

モノたちは、みんな驚きながらも「こんばんは」とココロの声で優しく応じました。

「ぼくたちの声、聞こえてるかな？」

タケルは、サッシ窓の外に向かって、穏やかに語り掛けました。

「うん、聞こえる。私はソラ。サッちゃんに名前を付けてもらったの」

咲月が自転車に「ソラちゃん」という名前を付け、ココロが宿ったのです。

時蔵爺さんは「楽志の奇妙な力を、咲月も受け継いだのじゃろうか」と言いました。

「どうやら、咲月のイメージでは、ソラのキャラクターは『お友達』で、同い年ぐらいの小さな女の子のようじゃな」

「ソラちゃん、あなたにはココロが宿ったのよ。サッちゃんが名前を付けたその時から」

冷子が語って聞かせました。

ソラちゃんは、何が起きているのかまだ分かっていないようで、不安そうです。

タケルは、日ノ出家に来た時のことを思い出しました。楽志に名付けられた日のこと、ココロが宿った日のことです。テレ男やカギトラに話し掛けられて、驚きながらも、少し安心できたのでした。

「ソラちゃん、はじめまして。ぼくは炊飯器のタケルだよ」

窓の外にたたずむソラちゃんに向けて、ココロの声でガラス越しに語り掛けます。

「ぼくのお仕事は、ご飯を炊くことだよ」

「お仕事？　じゃあ私のお仕事は？」

「そうだね……。ソラちゃんのお仕事は、サッちゃんを乗せて走ること、かな」

「みんなお家の中でお仕事してるの？　私はずっとお外なの？」

「外にいても寂しくないから大丈夫だよ。みんなココロの声で繫がってるから」

タケルは、ソラちゃんを勇気づけました。

「あ、スマ秀もお外で仕事するで。でもアイツには気をつけや。嫌味なやつやから」

テレ男が、スマ秀のことをソラちゃんに語って聞かせます。

不安げなソラちゃんに、タケルや他のメンバーたちは、ココロを持つと怖いことや辛いことも
あるけど、よかったと思えることもたくさんあるんだよ、と励ましました。

ソラちゃんは「そういえばサッちゃん、私に乗ってる時すごく笑ってた」と言いました。

「そうや。サッちゃんは、ソラちゃんのこと楽しそうに話しとった。嬉しいやろう？」

「うん！　嬉しい！」

ソラちゃんの声が急に明るくなりました。

目を覚ましたカギトラが、気まぐれにキャットタワーの上からすたすたと下りてきて、サッシ
窓とカーテンの間にするりと入りました。

「俺はカギトラだにゃ。日ノ出家で暮らしている猫だにゃ」

「え？　猫ちゃん？　私、猫ちゃんともお話ができるんだ。可笑しい」

「俺だって、自転車とお話するのは初めてだにゃ。可笑しいのはお互い様だにゃ」

モノたちはみんなで笑いました。タケルは、咲月の小さなお友達・ソラちゃんが新しく迎え入れられたことを、嬉しく思いました。

＊

ソラちゃんが日ノ出家に来てからしばらくの間、楽志と灯里の休みが揃う土曜日には、咲月を連れて三人で近所の公園へ行った。

ソラちゃんに乗って、アスファルトの歩道を補助輪が転がる音をガラガラと立てながら、公園へ向かう。大人の早歩きと同じぐらいの速度だが、それでも咲月は「ソラちゃん速いぞー！」とご機嫌でペダルをこいでゆく。公園に着くと咲月はいつもぐるぐると公園の中を走り回る。「パパと競争だ」と言うので、楽志は隣を伴走する。

その後、咲月はおもちゃのバドミントンで灯里と遊ぶ。洗濯機のシズルを譲った時に、バドミントン部の大学生からお土産にもらって以来、咲月のお気に入りのおもちゃだ。

灯里も咲月とバドミントンができるのが嬉しいようだ。

小学生のお姉さんが手放したのを受け継いだ水色の自転車。大学生のお姉さんに譲った洗濯機と引き換えにもらったバドミントンのおもちゃ。

何かを手放すことで、新たに人とモノとがめぐり逢い、縁が生まれることもある。

「あ、ユウカちゃんが来た」

保育園の友達の女の子がお父さんに連れられて遊びに来たようで、咲月はバドミントンのラケットを灯里に預け、その子のほうへと走っていった。楽志と咲月は、ユウカちゃんのお父さんに向かって頭を下げ、挨拶を交わした。

ソラちゃんの側で、楽志は灯里と並んで、子供たちが遊ぶ様子を見守っていた。二人きりになって、沈黙が流れる。

「灯里さん、ぼくは色々と間違えていた。本当にごめんなさい」

「え？　急に、何を謝られているのか分からないよ」

「シズルを買い替える時、ぼくは自分勝手なことばかり言ってしまった。灯里さんの希望や苦労も考えずに、申し訳ありません」

楽志が謝ると、灯里は「今は洗濯も楽になって、前の洗濯機は部活の後輩たちに喜ばれて、咲月もラケットのおもちゃで大喜び。結果オーライで、いいんじゃないの」と微笑んだ。

公園から家に帰ると、灯里がスマホの画面を楽志に見せてきた。

「そういえばさっき、後輩たちから、こんな写真が送られてきたよ」

楽志は画面を覗き込んだ。灯里の後輩たちがシズルの周りで、笑顔で写っている。

シズルの上には、物干し竿に干されたユニフォームなどがいっぱい。

「新しい場所で、ちゃんと活躍してるみたいだね」

カギトラがスタスタと寄ってきて、灯里のスマホの画面を覗き込んだ。

「カギちゃん、懐かしがってるのかな」

灯里は〈こちらも、みんなにもらったラケットで娘と遊んでます〉、というメッセージと、小さなラケットでシャトルを打ち返す咲月の写真を返送した。このやりとりを見て、楽志は、ふと思い出した。楽志が勤めるモノゴコロ市場が掲げている、会社の大切な考え方がある。

〈モノとモノで人と人の心を繋ぐ〉

譲った古い洗濯機と、それと引き換えにもらった小さなバドミントンのおもちゃ。まさにモノとモノで、人と人の心が繋がった。

「灯里さん、ぼくは間違いを確信したよ。灯里さんの気持ちを考えず、しかもシズルが活躍できる場所も見つけてくれたのに、自分の考えを押し付けようとしていた。本当にごめんなさい。モノも人も、必要とされる場所にいるのが幸せなんだね」

「そんな大げさに謝らなくてもいいよ」

灯里は少し素っ気なく言いながらも、柔らかな笑みを浮かべた。

シズルの前で微笑む大学生たちと、はしゃいでラケットを振る咲月の写真を見ながら、楽志は自分がやるべき仕事を改めて思い知った。自分の仕事は、ただモノを売り買いして長く使ってもらうだけではない。人とモノとのめぐり逢いと、人とモノとの縁もリサイクルさせる仕事なのだと思った。楽志は気持ちを新たに明日からの仕事に臨もうと胸に刻み、唇をぐっと噛みしめた。

＊

春の訪れを感じる、暖かで晴れた日曜だった。公園の隅で、咲月はソラちゃんのサドルにまたがった。今までとは全く違った感覚だ。バランスを保ってくれていた補助輪は、もうない。咲月は水色のヘルメットと肘あて、膝あてを付けている。

今日は初めて、ソラちゃんから補助輪を外して乗る。まずは練習が必要だ。五メートルぐらい先で、楽志が見守っている。

「サッちゃん、大丈夫？　最初はパパが後ろからソラちゃんを押してもいいんだよ」

楽志の提案に咲月は首を横に振った。きっとすぐにできる。

この前、保育園でお友達と自転車の話をした。同い年の年中組は、半分以上が補助輪なしで自転車に乗れるようになっていた。お友達に、どのぐらい難しいか聞いてみたら「簡単だよ」「すぐに乗れるよ」と、みんな得意げに答えた。四月からは咲月も年長組に進級する。その前に、自分も補助輪なしで自転車に乗れるようになりたいと思った。

だから今日、咲月は楽志に頼んで補助輪を外してもらった。

咲月は新しい世界への扉が開かれる期待に、心を弾ませていた。

「ソラちゃん、がんばろうね」

咲月はソラちゃんに声を掛け、右足をペダルに掛けた。左足で地面を蹴り、右足でペダルをこぎ出す。ペダルが一回転して、その分だけソラちゃんが前に進んだ。

やった！　意外と簡単かも。そう思った瞬間だった。ハンドルが左へくるりと持って行かれ、一気にバランスが崩れる。たちまち左側に勢いよく転んでしまった。

ざらついた砂の地面についた掌の皮が擦りむけて、血が滲(にじ)んでいた。ヒリヒリと痛い。足も地面に打ち付けてしまった。

咲月は横倒しになったソラちゃんのハンドルを持って「よいしょ」と起こした。

もう一度サドルにまたがると、さっき転んだ時の怖さを思い出す。

それからは、挑戦する度に、期待よりも不安と恐怖のほうが大きくなっていった。

何度こぎ出そうとしてもバランスを崩して、怖くて足を地面に着いてしまう。ようやくペダルを一回転だけこいでも、すぐに転んでしまう。

悔し涙をぐっとこらえながら、倒れたソラちゃんを起こして立ち上がる度に、だんだんとソラちゃんの体が重くなっていくような気がした。

「ソラちゃん、ごめんね。何回も転んじゃって、痛いよね」

咲月はソラちゃんを気遣いながらも、自分も痛くて悔しくてたまらなかった。

その後も何度も転び、咲月はとうとう泣き出してしまった。

「サッちゃん、今日はこのぐらいで止めておこうか」

楽志に言われて、咲月は余計に悔しくなり、首を横に振った。

すりむいた掌の傷が心臓の鼓動に合わせてジンジンと痛む。

その日は何度チャレンジしてみても、二回以上ペダルを回すことはできなかった。

＊

初夏の雨の夜です。サッシ窓の向こう側、庭でソラちゃんが泣いています。

タケルは「ソラちゃん、どうしたの？」と話し掛けます。

「サッちゃんを上手く乗せてあげられないの。サッちゃんは補助輪なしで私に乗る練習をしてるけれど、何度挑戦しても転んで、泣いちゃって……でも自分には何もできない」

「咲月にとっては、生まれて初めての、大きな困難なのかもしれんなあ」

時蔵爺さんが時を刻みながら呟き、そして「咲月と一緒に苦しい時を過ごしているだけで、ソラは咲月の力になれているのじゃよ」と励まします。

でもソラちゃんは納得できないようで、しくしくと泣くばかりです。

「私も『サッちゃんがんばれ！』ってココロの声で叫びながら『うーん』って力を込めてバランスを取ろうとするけど、何度やってもだめなの。一緒に頑張りたいのに」

タケルは「ソラちゃんの気持ち、痛いほど分かるよ」と、窓の向こうに向かって言いました。

「私の補助輪がなくなって、サッちゃんが怖がっているのが分かるの。私もなんだかチェーンの油がパサパサに乾いちゃうぐらいドキドキして……」

テレ男が「サッちゃんもソラちゃんも、緊張するんは仕方ない。ニンゲンかて、すごいスポーツ選手とかでも緊張すると口とか目とかパサパサに乾くらしいで」と励まします。

「私は、ただサッちゃんと一緒に転ぶことしかできないの」

「それでええやんか。一緒に転んで泣いて、乗れるようになった時、一緒に笑えればええ」

テレ男が言った時、玄関のドアが開きました。咲月が楽志と一緒に、庭に出てきたのです。咲月はソラちゃんの前にしゃがんで言いました。

〈ソラちゃん、転んでばかりでごめんね。よごれちゃったね〉

咲月はそう言って、小さな手に濡れた雑巾(ぞうきん)を持って、ソラちゃんのハンドルやボディを一生懸命拭いてくれました。それから、乾いた雑巾で湿り気を拭き取ってくれます。

〈ソラちゃんにもタマシイがあるんだよね。きれいになって一緒に頑張ろうね〉

「ソラちゃん、悲しまなくて大丈夫だよ。ソラちゃんはサッちゃんの大切なお友達だよ」

タケルが言うと、ソラちゃんは「大切な、お友達……」と繰り返しました。

「そうや。今は上手くいかんくて涙雨でも、サッちゃんとソラちゃんの未来はきっと青空や。ほら、テレビも言うてるで」

テレ男の画面には、全国的に快晴の天気予報が流れています。

みんなに励まされ、ソラちゃんは毎週土曜日、楽志に連れられて、咲月と公園に行きました。

こうして練習を始めてから四回目。一ヵ月が経ちました。

楽志は、色々なアドバイスを考えては咲月に伝えていますが、上手くいきません。咲月とソラちゃんは、いつまでも転んでばかり。

楽志は練習を毎回、スマ秀のカメラで録画し、咲月の乗り方のどこを直せばいいのか考えていますが、わからないようです。

「スマ秀さん、どうすれば上手に走れるの？　教えて」

ソラちゃんはスマ秀に聞きました。

「君に細かいことをいろいろ教えたところで日ノ出咲月が自転車に乗れるようになるわけではないからムダさ。でも、一つだけ教えてあげるよ」

スマ秀は得意げに言いました。

「日ノ出楽志はぼくの使い方を間違えていた。今、それに気づいたようだ」

楽志はスマ秀を食い入るように見つめながら、操作しています。

「いま日ノ出楽志は『自転車』『乗り方』っていう言葉で、検索しているよ」

「ケンサクって何？」

「情報を探すことさ。インターネットは、自転車の乗り方だって教えてくれる」

スマ秀は、楽志がよく検索する言葉を記憶して、おすすめの情報を伝えることができます。楽志が最近、自転車のことをよく調べるので、スマ秀は練習方法の分かりやすい情報をおすすめ記事として表示させたのでした。

「すごい！　スマ秀さんは何でも知ってるの？」

「そうではなく、インターネットが教えてくれるのさ。料理の作り方、仕事の進め方、そして自転車の乗り方。多くのニンゲンたちが書き残したり、写真や動画にして教え合っている」

楽志は自転車の練習のコツが書かれた記事をいろいろと検索し始めました。

〈顔を上げて、前を向くことでバランスが取れる。左足で地面を思い切り蹴って、すぐに右足でペダルをぐんと踏む。やってみよう！〉

楽志はインターネットの記事から多くのヒントを得たようです。

〈目線まっすぐ！　地面を蹴ってペダルを踏む！　蹴って踏む、蹴って踏む〉

スマホを見ながら咲月にアドバイスを送る楽志。咲月は何度も転びながらも、少しずつ様子が違ってきています。コツをつかんできた様子が、ソラちゃんにも伝わってきます。

〈サッちゃん、怖くなると目線が下に向いちゃってる。その時に前を向けば、バランスを取れるよ。怖い時ほど顔を上げて、前を向いて〉

そしてついに三回ほどペダルが回転し、少し前に進みました。でもまたハンドルがぐらつき、よろめいてしまいます。ソラちゃんは一瞬、咲月の目線が下を向きそうになったのを感じました。その時、ソラちゃんのココロをビリビリと震わすような声が聞こえました。

「前を向いて！」

楽志の声ではありません。スマ秀が発したココロの声でした。

ソラちゃんもスマ秀の声に勇気づけられるかのように、ココロの声で叫びました。

「サッちゃん、前を向いて！　私も前を向くから！」

ペダルが四回転、五回転と、ゆっくり回ってゆきます。その回転がだんだんと速くなり、ソラちゃんの車輪もそれに応えて回ります。二つの車輪は左右に揺らぐことなくまっすぐに並び、しっかりと地面をつかんで転がっています。ソラちゃんはついに、咲月を乗せて走り出しました。

〈やったー！　パパ、やったよ！〉

風を受ける感覚の中、ソラちゃんと咲月は二つの車輪でバランスを勝ち取ったのです。

〈あはは、楽しい！　ソラちゃん、楽しいね〉

「うん！　楽しいね、サッちゃん」

咲月は楽しくてたまらない様子で〈速いね、ソラちゃん！〉と語り掛けてきます。

一度走り出したらもう大丈夫。咲月は自然にソラちゃんのハンドルを切って、左回りに公園の中をぐるぐると走り続けます。

楽志がスマ秀のカメラで何枚も何枚も写真を撮っています。

「スマ秀さん、ありがとう！」

ソラちゃんは走りながら、楽志の手にあるスマ秀に向かってお礼を言いました。

「なぜぼくに感謝しているのか分からないね。ぼくは自転車の練習方法を日ノ出楽志に伝えただけ。スマートフォンとして当たり前の仕事をしたまでさ」

「違うよ。大きな声で『前を向いて！』って言ってくれたでしょう」

ソラちゃんは、スマ秀のあんなに大きなココロの声を聞いたのは初めてでした。

〈よし、サッちゃん、そのまま走ってて。今度は動画に撮ってあげるから……あ、充電がなくな

っちゃった。せっかくサッちゃんの記念すべき姿を動画に撮ろうと思ったのに〉

「日ノ出楽志がちゃんと充電をしていなかったせいさ。どうしようもない」

スマ秀が呆れています。ソラちゃんは咲月を乗せて走りながら、ココロの声で「動画が撮れなくて残念だね……」と呟きました。でもスマ秀は「そうだろうか」と答えました。

「ぼくらスマートフォンの中には、撮られた後一度も見られない動画や写真が山ほど眠っている。時には自分の目で見たほうが、記録には残せなくても、記憶に残ると思うけどね」

〈ごめんね、サッちゃん、充電が切れちゃった……！　動画はまた今度撮ろうね！〉

楽志は大声で咲月に謝っていますが、咲月は動画のことなど気にする様子もなく「パパ、見て！　逆回りでも走れるよ」と、公園を反対方向にグルグルと回り始めました。

「後に記録を残すのもいいが、日ノ出咲月は、今を楽しむのに夢中だ」

「本当だね！　私も、今がすごく楽しい」

ソラちゃんはスマ秀の言葉にハンドルを縦に振って頷きたい気持ちに囚われながら、そうもいかず、咲月を乗せて風を受け続けています。

「記憶の中で忘れられるものもあれば、残るものは自然と残る。思い出というのは、大量の記憶から飛び出してくる特別なものさ。だから『思い出』というのだろう」

この日、咲月は喜びに笑いはしゃいでは、ソラちゃんのペダルをこぎ続け、公園の中を走り回ったのでした。

〈サッちゃん、やったね！　また一つできることが増えたね！〉

楽志もスマ秀をポケットにしまって、咲月やソラちゃんと並んで走っています。

「気付いていないだろうけど、今回は日ノ出楽志も、日ノ出咲月と一緒に成長してるよ」

「スマ秀さん、どういうことですかー？」

ソラちゃんは夢中で走りながらスマ秀に聞きました。

「彼は日ノ出咲月が補助輪なしで上手く君に乗れるよう、彼なりに知恵をしぼってぼくをフル活用した。彼がぼくから得た情報を日ノ出咲月に伝え、彼女はだんだんコツをつかみ、君の二つの車輪で走れるようになった」

「じゃあ、楽志さんとサッちゃん、それにスマ秀さんと私のみーんなで作った大成功だ！」

スマ秀は「まあ、そんな大げさなものではないけどさ」と、素っ気なく笑いました。

できることが一つ増えるって、成長するって、なんて素晴らしいことでしょう。

ソラちゃんは、初めて補助輪なしでサッちゃんを乗せて走った今日のことを、ずっと忘れないだろうと思いました。

第六章　二〇一七年の思い出

晩ご飯の後、モノたちはみんな、咲月の声を待ち望んでいます。今から咲月が原稿用紙を手にして作文を音読してくれるというのです。

咲月は、もう七歳。今年の春から小学校に通い始めて、半年が経ちました。毎日、小さな背中に水色のランドセルを背負って、徒歩十分の小学校に元気に通っています。

そんな咲月が書いた作文が、新聞社の小学生作文コンクールで金賞に入選しました。

タケルはココロがわくわく、どきどきしています。

咲月は〈じゃあ、読むね〉と前置きして、作文の音読を始めました。

〈モノを大せつにすること

森のだい小学校　一ねん三くみ　日ノ出さ月

わたしはモノを大せつにしたいとおもっています。もったいないから、ながくつかいたいという気もちも、もちろんあります。でも、大せつにしたいりゆうは、それだけではありません。モノはわたしたちをたすけてくれるなかまだからです。

パパはいつも「モノにもたましいがあるんだよ」と、いっています。

パパはリサイクルショップというみせで、おしごとをしています。みせにはまい日、だれかがつかわなくなったものをうりにきて、かいとります。かいとったものは、みせにならべます。それを、つかいたい人がかってていきます。

わたしのいえにも、たくさんのモノたちがいます（あるのではなく、一しょにくらしているとおもっています）。パパがリサイクルショップでかってきたモノがおおいです。その中には、名まえをつけているモノも、たくさんいます。

じてん車のソラちゃんは、わたしのおともだちです。すいはんきのタケルはいつもおいしいごはんをたいてくれます。テレビのテレ男はわたしのすきなばんぐみをみせてくれます。ときぞうじいさんは、はりを正かくにうごかして、かねの音でじかんをしらせてくれます。れい子さんは、たべものやのみものをおいしいままにするために、ひやしてくれます。みんな一生けんめいしごとをして、わたしたちかぞくをたすけてくれています。わたしはみんなのことを大せつにおもっています。モノを大せつにおもうと、モノもこたえてくれるとおもいます。

これからもわたしは、モノたちにいつも「ありがとう」というかんしゃの気もちをわすれないようにしたいとおもいます。〉

音読を聞き終えて、モノたちは嬉しくてみんなで泣きました。

ご飯を炊きながら聞いていたタケルは、水蒸気で釜がいっぱいになりそうな心地がしました。これが、ニンゲンの不思議な「うれし涙」というものなのかなと思いました。

咲月の作文は小学校の朝礼で校長先生から表彰され、地域の新聞にも載り、審査員の講評も付いているそうです。小学校の朝礼で校長先生から表彰され、

いているそうです。楽志はモノたちを見渡しながら〈サッちゃんは、みんなのことを大切に思ってるんだよ〉と語り掛け、審査員の講評を読み上げてくれました。

〈日ノ出さんがどれだけモノを大せつにおもっているか、とてもいきいきとつたわってきました。モノは「ある」のではなく「一しょにくらしている」のだとおもっているところなど、かんがえかたがとてもユニークですね。モノに名まえをつけているところも、とてもすてきだと思います。これからも、モノを大せつにしてください〉

「まあ、作文の技術的には日ノ出咲月よりも、銀賞や銅賞の子のほうが上手く書けているね」

スマ秀が冷めたココロの声で解説します。選ばれた作文は、地域の新聞社のホームページにも載っているので、スマ秀は他の銀賞や銅賞の作文も全て知っているのです。

「日ノ出咲月の作文は、珍しくて個性的だという理由で選ばれたわけさ」

「だとしても、すごいわ。サッちゃんの作文は面白いから選ばれたっていうことでしょう」

冷子が言い返すとスマ秀は「そうさ、面白がられたんだ」と冷たく笑いました。

「変わり者の父親の考え方を子供が信じて、作文に書いたら『ユニークだ』と評価された」

「スマ秀、自分の名前を書いてもらえんかったから、ひがんどるのか？」

テレ男が言い返すと、スマ秀は鼻で嗤います。

「もしかして君たちは、ニンゲンたちに感謝されたくて仕事をしてるのかい？」

「なんや、その言い方は。サッちゃんにありがとうって言われて喜ぶのが、悪いんか。お前はど

うなんや。ありがとうって言われたら嬉しいやろ」

「感謝を欲しがる気持ちなど、仕事の邪魔になる。ぼくの仕事は日ノ出楽志のリクエストに的確に応え、そして彼の性格や行動パターンに合わせた情報を知らせることとさ」

たとえば楽志はほとんど毎朝、スマ秀を手に取って天気予報をチェックします。その習慣を知っているスマ秀は毎朝、先回りして天気予報の情報を画面に通知します。楽志は〈スマ秀はぼくのことを何でも知ってるんだね。ありがとう〉などと感謝するのです。

タケルは素直に、スマ秀の高い技術と能力にいつも感心しています。

「正確に、一つ一つの仕事を淡々と処理することだ。まあ、ぼくはそもそも忙しいから、持ち主に感謝されたいなんて余計なことを考えている暇はないけれどね」

「ぼくたちだって、感謝されることが目的ではありません。たとえばぼくの仕事は美味しいご飯を炊くことです。でも、がんばって仕事した結果、感謝してもらえたら、やっぱりそれはすごく嬉しいです。ココロがあるって、そういうことじゃないですか？」

タケルはスマ秀に訊き返しました。

「そもそも、ココロを持ってしまったのがいけない。この家は本当に迷惑だ。君たちと何かを話すのも無駄だらけ。ココロなど持たなければ、もっと速く正確に仕事をこなせる」

スマ秀は冷ややかなココロの声で答えた。タケルは、スマ秀のその声に苛立ちが混じっているように感じました。

「スマ秀さん、なんかいつもと様子が違います……。何か焦っていませんか？」

タケルは真剣な声でスマ秀に聞きました。

「ぼくが焦っている？　まさか。ぼくには、そんな余計な感情は存在しない」

そうこうしているうちに、楽志がスマ秀を手に取り、食卓の上のスマホスタンドに立てかけました。作文の表彰状を持った咲月を真ん中にして、両脇に灯里と楽志が立ち、記念撮影です。

十秒のセルフタイマーの後、パシャリと音がしました。その瞬間、咲月が「待って」と言って動いてしまったのです。

〈カギちゃんとも一緒に写りたい〉

咲月のリクエストに応えて、灯里がキッチンワゴンの上に寝そべっていたカギトラをひょいと抱き上げました。

「カギやん、出番やで。ええなあ」

「やれやれ、一緒に写ってやるかにゃ」

面倒くさそうに言うカギトラを見て、モノたちはみんな楽しげに笑いました。

その時、タケルはスマ秀が「フッ」と笑う声を聞いたような気がしたのです。

スマ秀は、もう一度セルフタイマーでシャッターを切りました。

同時に、カギトラが大きなあくびをしました。

笑顔で表彰状を掲げる咲月と、灯里の腕の中で口を開けてあくびをするカギトラ。それを見て驚く楽志。面白い写真が撮れて、日ノ出家のみんなも、モノたちも大笑いです。

新たに、日ノ出家の思い出の場面を写した二枚の写真がスマ秀に記録されました。

*

金曜の夜です。モノたちは戸惑っていました。店の遅番を終えて帰ってきた楽志が、食卓の椅子に座ってスマ秀の画面を、ウエットティッシュできれいに拭いています。

〈スマ秀、おつかれさま〉

スマ秀とのお別れの時は、突然にやってきました。

「君たちも、うっとうしいぼくがいなくなれば、せいせいするだろう」

「まったくその通りや。一秒でも早くいなくなってほしいわ」

テレ男が笑うのを、冷子が「テレ男ちゃん、言い過ぎよ」とたしなめます。

スマ秀は「いや、喜んでいただけたようで何よりさ」と笑いました。

「ホンマ、お前がおらんようになると思うと、嬉しくて……とか言うと思うたか！」

テレ男の言葉が急に怒ったような調子に変わりました。

「お前とは確かに、よう言い争いしたけど、せやかて一緒に仕事をした仲間や。しかも種類は違うても電波の力で働くもん同士や！　いなくなってせいせいするわけないやろうが！」

テレ男が怒りを爆発させています。

「おい、楽志！　モノを大切にするんやなかったのか？　スマ秀はまだ順調に動いとるで」

タケルも、スマ秀はまだまだ仕事ができそうに思えます。

「いま、スマ秀さんが来てから何年になるでしょうか」

時間の番人の時蔵爺さんが「まだ四年しか経っとらん」と答えました。

「いや、四年でも長く使ったほうさ」

割って入ったのは、スマ秀でした。

「日ノ出楽志は、ぼくを買い替えるのが遅すぎたね。愛着とかいう余計な考えでぼくを使い続け、新しい機種の便利さや、時代の波に乗り遅れたわけさ」

「お前なあ、まだまだ動けるのに、買い替えられるんやで。怒ってもええんちゃうか？」

「君たちは、三年前の洗濯機騒動のことを忘れたのかい？」

スマ秀の問いに、カギトラが「忘れてにゃい」と真っ先に答えました。

「シズルは立派だったにゃ。でもシズルの話とスマ秀の話と、どんにゃ関係があるにゃ？」

「あの時と同じさ。持ち主が求めることにぼくが合わなくなった。それだけさ」

スマ秀は相変わらず他人事のように淡々と答えました。

テレ男は「なんやねん。お前らしくない言葉やな」と、もどかしそうです。

「技術の進歩が早いスマートフォンの世界では、宿命のようなものさ」

スマートフォンは、一、二年に一度のペースで、次々と新しい機種が開発されます。古い機種では、新しいアプリやサービスを使えない場合があるそうです。

「技術の進歩が早いモノは、すぐ使えなくなって新しいものに取って代わられてゆく」

悲しくないのかと問うモノたちの声にもスマ秀は「悲しくなんかないさ。技術の進歩は喜ばしい。それに従うだけさ」と静かに答えるばかりです。

「事情は分かるが、スマ秀の世界の時の移ろいは、あまりに早いのう……」

時蔵爺さんが溜息を吐き、ゆっくりと夜十時を告げる鐘を十回鳴らしました。

「どんなモノにも終わりがある。ぼくはスマートフォンだから、世代交代が早いだけのことさ。前向きに去っていった洗濯機の時みたいに、笑って送り出してくれたまえ」

その時、楽志がスマ秀を手にとって、しげしげと眺めました。

〈そっか、スマ秀は自分で自分の姿は写真に撮れないもんなあ〉

「楽志のやつ、当たり前のことを言って悩んでるにゃ。残念なやつだにゃ」

「相変わらずアホやなあ」と、テレ男は呆れています。

スマ秀は「まったく最後までどうしようもない持ち主だ」と笑いました。

〈灯里さん、ちょっと灯里さんのスマホで、スマ秀とぼくを撮ってもらっていい？〉

〈はい、はい。記念撮影ね〉

楽志は両手をスマ秀の下と側面に添えて持って「今までお疲れ様。ありがとう」と声を掛けました。灯里が自分のスマホのカメラで、写真を撮りました。

「なぜ明日には手放すスマートフォンと一緒に写真を撮るのか共感できない。日ノ出楽志の考えや行動は合理的じゃないね。いったい何のメリットがあるのだろう」

「それは、ニンゲンの心が合理的ではないからだと思います。だから理屈や効率から外れたことをするのではないでしょうか。ぼくたち、ココロが宿ったモノたちも同じです」

タケルは自分のことを顧みながら言いました。

「自力作動ができる炊飯器に言われると、実に説得力があるね。そうさ、ココロは全く合理的ではない。ココロなんていうものは仕事の邪魔にしかならなかった」

サッシ窓の向こうから「そんなの嘘だよ！」とソラちゃんが叫びました。

「スマ秀さんは、私とサッちゃんが上手く走れるように応援してくれたじゃないの」

「あれは、どうしようもない持ち主に、役に立つ情報とヒントを出しただけさ」

「違う！　私、スマ秀さんがココロの声で叫んだのを確かに聞いたもん！」

ソラちゃんは、スマ秀がココロの声で咲月に「前を向いて！」と叫んだことを、みんなに話しました。

「届くはずのないココロの声で、叫んだんですね。その行動は、合理的ではありませんね」

タケルは、スマ秀がチーム・やおよろずの仲間だったのだと、改めて実感したのでした。

「最後だから一つ、正直な話をしよう。ぼくは最初、街の中や日ノ出楽志の職場で見かける他のスマートフォンたちが羨ましかったよ。みんな迷いなく仕事をこなしていた」

外に出れば、街や電車のあちこちで、たくさんの人がスマホを手にしています。他のスマホたちはみんな一瞬の迷いもなく、持ち主のリクエスト通りに仕事をこなしていました。

「ぼくには、その迷いのなさが羨ましかった。ココロというものは本当に厄介で、邪魔なものさ。スマートフォンとしての仕事にほんのわずかながら迷いが生まれる」

タケルは「迷いって、どんなことですか？」と、スマ秀に訊ねました。

「日ノ出楽志が操作した通りに動いて、本当に良いのだろうかと、迷うのさ。そして本当に良い結果に繋がっているのか、悩みが生まれる」

日ノ出家に来てココロを持ったばかりに、スマ秀は「悩めるスマホ」になったのです。

「でも、ぼくは考えたんだ。ニンゲンは迷うもので、悩むものだ。だからスマートフォンがニンゲンと一緒に迷い、悩む世界も、ありなのではないかと考えた」

「やっぱりスマ秀ちゃん、頭が良過ぎていろいろ考え過ぎだわ。でもその感じ、分かる気がする。ココロを持った私たちも、迷い悩むモノなのよね」

冷子が言いました。

「自分の弱さを受け入れて迷える力、悩める力。これはニンゲンの弱点でもあり、強みでもあると思うのさ。特に、日ノ出楽志にとっては数少ない強みの一つだ」

スマ秀の言葉にカギトラが「確かに、楽志はいつも髪の毛をくしゃくしゃやって悩しがって、でもその後、あいつにゃりに頑張ってるにゃ」と賛同します。

「君たちも、そしてぼくも、ココロが宿ったことによって、迷える力、悩める力を手に入れた。そう考えようとした」

「お前も実は悩んどったんやな。それを知らんで、きついこと言って、すまんかった」

テレ男が謝るとスマ秀は「迷いも悩みも、ぼく自身の問題さ」と穏やかに笑いました。

「何はともあれ、スマートフォンとしての役目は終わり、君たちともお別れだ。でもぼくの体には貴重な金属が組み込まれているから、分解され、溶かされ、新たな機械に活用されるのさ」

「怖くないんですか」

タケルはスマ秀に訊ねました。タケルは自分はどこから来て、どこへ行ってしまうのか、時々そんな思いに囚われて怖くなります。

スマ秀は少し考えてから答えました。

「怖いと思ったこともあったかもしれない。でも今は不思議と怖くないのさ」

「おそらくそれは、スマ秀がモノとしての仕事を悔いなくやりきったからじゃ。ニンゲンで言えば、精一杯生きたということになるじゃろう」

時蔵爺さんが振り子を普段よりもわずかに力強く振りました。

「もし生まれ変わったら、何になりたいですか」

タケルは、まっすぐに問いかけました。

「スマートフォンかな。いや、何年か経てば何倍も進化したモノができるかもしれない」

「その時には、もっとすごい人工知能みたいなものも、できているかもしれないわね」

冷子が未来へと想像を広げます。

「いや、人工知能なんかでは足りない。もっとニンゲンに近い何かだ」

タケルは驚きました。人工知能の力を何よりもすごいと信じきっていたスマ秀が、それだけでは足りないと言い切ったのですから。

「ココロを持ち、ニンゲンと共に悩み、解決する力を持ったモノが開発されるかもしれない」

「楽しみな未来やな！　何か知らんけど新しいモノができてるかもしれんのやな」

テレ男が空元気ではしゃぐと、スマ秀も「そうさ。今日できなかったことが明日にはできるようになっているかもしれない。未来とは楽しみなものさ」と笑います。

スマ秀の後をつとめるスマホは、楽志がモノゴコロ市場で買ってきた、新しい機種です。二代目のスマホなので、楽志はスマ次郎と名付けました。

翌日、スマ秀はデータを次の代のスマホ「スマ次郎」に引き渡し、役目を終えました。モノたちと日ノ出家の日々を撮った写真や動画がたくさんあるのでしょう。

タケルは、その写真や動画の一つ一つに、実は楽志や日ノ出家を優しく見つめていたスマ秀のココロがしみ込んでいるような気がしました。

「前任のスマートフォンから仕事の引継ぎは受けたよ。ぼくは新型機種だから楽勝だね」

スマ次郎も、スマ秀に劣らず、初日から偉そうな演説をぶちました。しかし今度はテレ男たちも「ほどほどに、よろしう頼むわ」と微笑ましく迎えたのでした。

その時、タケルはスマ次郎の他にもう一台のスマホを見つけ、思わず「あああっ！」と叫びました。蓋があんぐりと開いてしまいそうなぐらい、びっくりしました。

お店に引き取られたはずのスマ秀が、咲月の掌の上にいたのです。

「スマ秀さん？　本当にスマ秀さんですよね……。戻ってきたんですか？」

「ああ。結局ぼくは日ノ出咲月のゲーム用の機械として、もうしばらく働くことになった」

咲月はスマ秀の画面で、流行りのパズルゲームに夢中になって遊んでいます。

タケルやチーム・やおよろずのメンバーたちは、呆気に取られました。

灯里も驚いて、楽志に〈古いスマホは引き取ってもらわなかったの？〉と訊ねました。

楽志は〈いやあ、サッちゃんが『スマ秀をゲームで使えないかな』って言うから……〉

〈パパもスマ秀とお別れしたくなかったんでしょう？　だから、サッちゃんがゲームで使えばいいやって、思い付いたの。よかったね、スマ秀〉

咲月は得意げな口調でスマ秀に語り掛けます。

「まったく、日ノ出咲月は余計なことを思い付いてくれたものだよ」

楽志の買い物に付いて行った咲月が〈パパがスマ秀を使わなくなるなら、私がゲームで使いたい！〉と言い出したそうです。

「そういう訳で、店に引き取られる寸前で、またここへ戻ってくることになってしまった」

「このアホ！　みんなで寂しがって損したやんけ。ちゃっかり帰ってきよって」

テレ男が嬉しさを隠しきれない様子で憎まれ口を叩きます。

「これからは、日ノ出咲月のゲーム専用機として、のんびりと働かせてもらうよ」

「スマ秀さん、これからもまた、よろしくお願いします。よかったですね」

タケルがスマ秀の新しいスタートをお祝いすると、スマ秀は「よかったのかどうなのか、分からないけどね」と素っ気なく言いました。

「相変わらず素直じゃにゃいやつだにゃ。咲月に救われてよかったにゃ」

カギトラが、咲月の掌にあるスマ秀の画面を覗き込みました。

「まあ、スマートフォンの隠居生活ってところさ。ということで、もうしばらくよろしく」

数日後、日ノ出家に、ビッグニュースが飛び込んできました。

〈おめでとう、乾杯〉

普段はあまりお酒を飲まない灯里が、缶ビールを掲げています。楽志が〈ありがとう、乾杯〉と応じ、咲月もオレンジジュースで〈かんぱーい〉と喜んでいます。

「いやあ、奇跡や！　あんなにアホやった楽志が、店長やで！」

モノゴコロ市場で仕事を始めて七年。すみれ台店の副店長としてがんばっていた楽志は、店長になるための試験を受け、三度目のチャレンジで合格したのでした。

「楽志さんが店長……本当にぴったりの仕事に巡り合えた証拠ね。おめでとう」

冷子がココロの声を涙声にして、お祝いしています。

「家では相変わらずドジですけれど」

タケルは、カレーライスのご飯を炊き忘れ、頭を掻きむしって悔しがっていたあの日の楽志を、つい最近のことのように思い出しました。

咲月だけでなく、楽志も灯里も少しずつ変わってゆきます。

タケルは毎日一生懸命仕事をしながら、その様子をいつまでも見守っていたいと思うのでした。

＊

「店長、本当にお世話になりました。店長は人生の恩人の一人です」

物井店長は「日ノ出さんはいつも大げさなんだよ」と照れ笑いを浮かべた。

「日ノ出さん、栄転なんだから。そんな悲しい顔をしなさんなよ」

「すみません。嬉しいんですけど、お別れするのは寂しくて」

「店が変わったって、そんなに遠くはない。それにどうせ店長会議で会えるよ」

これから配属されるつきみ坂店は、町川市の隣の秋王子市にあり、偶然にも、楽志がテレ男を買った店だ。近いので、確かに物井店長とは店長会議で会える。でも同じ店でこの人の部下として仕事をすることは、もうないだろう。

「私はあの店長会議が大嫌いだけど、今後は日ノ出さんに会えるのを楽しみにしてるよ」

物井店長は、前向きな言葉で、楽志を送り出してくれた。

すみれ台店で後任の副店長への引継ぎを済ませた楽志は、つきみ坂店にやってきた。前任の店長を悪く言うつもりはないが、一階のフロアを少し見渡しただけでも、直しがいのある店だと思った。物井店長に教わった三つの基本が、行き届いていない。

レジに学生アルバイトらしき若い男性店員が立っていた。

「おつかれさまです。今日から、つきみ坂店の店長に任命されました、日ノ出楽志と申します。

よろしくお願いします」

楽志が声を掛けると、若い男性店員は「はあ……どうも」と答えて、首を前にちょこんと突き出した。買取の相談カウンターでは、女性の店員が男性客と口論している。

楽志は少し怯んだ。でもきっと大丈夫だ。今までも自分は人に恵まれてきた。

店のバックヤードでエプロンを着け、まず副店長からこの店の毎日の仕事の手順などを教わり、小さな画用紙にマジックで書いて、壁に貼ってゆく。たとえば〈八時：店の裏口から入る〉〈九時：正面入口のシャッターを開ける〉〈十四時、二十二時：レジ点検〉といった具合に。

最後に、物井店長から教わった「三つの基本」を大きな画用紙に書いて壁に張り出した。

午後の客足が途切れた時間に、楽志は社員とアルバイト店員たちをバックヤードに集めて、改めて挨拶をした。

「ぼくはとても忘れやすい性格なので、このようにたくさん、やることとメモを壁に貼ります」

楽志は、事務机の前の壁にびっしりと貼られたメモ紙を指差した。

「これは忘れっぽい自分への注意ですけれど、一緒に気を付けてもらえると嬉しいです」

みんな「この新しい店長は大丈夫か？」と言いたげな表情で壁を見つめている。

「さらに、ぼくはメモを貼ったことも忘れてしまうので、決まった時間にアラームが鳴るように登録しています。スマ秀が教えてくれた、仕事を忘れないための予防法です」

アルバイト店員の一人が「スマ秀？」と首を傾げた。

「あ、スマ秀は、最近まで使っていたスマホです。今のスマホはスマ次郎といいます」

楽志はスマ次郎をポケットから取り出し、皆に紹介した。

「ぼくは、モノたちにも魂があると信じています。モノたちと話すことはできなくても、大切に扱えば、モノたちもその気持ちに応えてくれます」

みんなポカンとした表情で聞いている。

「新米の店長ですが、皆さん、助けてください。みんなでよい店を作っていきましょう」

スマ次郎をポケットにしまったその瞬間、アラームの音が鳴り響いた。

「あ、十四時です。レジ点検の時間ですね。行ってきます！」

楽志が売り場へ駆け出そうとすると、アルバイト店員の一人が「店長、レジ点検とかは、ぼくらがやりますから」と呼び止めた。

「今日はひと通りの作業を、ぼくにやらせてください。ミスがあったら教えてください」

楽志は軽やかに売り場へ出て行った。入ってきた客に「いらっしゃいませ」と声を掛け、三台あるレジの一台目を点検し始めた。

他のレジに入っていたアルバイト店員たちが、新店長を不思議そうに見ている。

「ぼくは店長一年生です。皆さんからいろいろなことを教わりながら頑張ります。だから、この店の仕事を一から覚えていきたいんです」

最初から「しっかりした店長」にならなくていい。咲月と一緒に成長してきたのと同じように、みんなと一緒に、このつきみ坂店を少しずつよい店にしていけばいい。

第七章　二〇一九年の日ノ出家の危機

初夏の蒸し暑い夜。自転車のソラちゃんは、サッシ窓の外にたたずんでいます。小さな庭の隅には、草が青々と茂ってきました。ソラちゃんはもう、二ヵ月以上ここに停められたまま。

六時半頃、ランドセルを背負った咲月が、学童保育から灯里と一緒に帰ってきました。

〈明日、パパと一緒に自転車屋さんに取りに行くから〉

咲月は九歳になり、身長も一三〇センチを超えました。ソラちゃんはもう小さ過ぎて乗りにくくなり、最近はほとんど乗らなくなってしまいました。

ソラちゃんは、この先の自分の運命に気付いていました。咲月は今日の帰り道、中古の自転車があるサイクリングショップで、灯里と一緒に次の自転車を決めてきたようです。

咲月は灯里に新しい自転車のことを話しながら、ソラちゃんのすぐ横を通り過ぎ、玄関のドアを開け〈ただいま！〉と元気に家の中へ入っていきました。

サッシ窓の向こうのカーテン越しに照明が付きました。カギトラがカーテンをくぐってきて、ガラス越しに「今日は暑いにゃあ」と声を掛けてくれました。

「今夜はお月様がすごくきれい。満月かな」

ソラちゃんは薄暗い夏の夜空を見上げました。まん丸な月が浮び、金色に輝いています。

「そうだにゃ。あれはきっと満月だにゃ」

「サッちゃんはお月様を見つけるのがすごく得意なの」

「さすが咲月だにゃ。空に月が咲くと真っ先に見つけるんだにゃ」

ソラちゃんは日ノ出家に来て四年間、カギトラと時々こうして窓越しにお話をしました。

「カギちゃん、知ってる？　どこまで走ってもお月様は付いてくるんだよ」

「本当にゃのか？　俺は、そんにゃこと全然知らにゃかった」

まだ補助輪を付けて走っていた頃、暮れ始めた空の低いところに輝く満月を横目に見ながら走っていました。咲月は〈ソラちゃん、見て、お月様が付いてくるよ〉と教えてくれました。どんなに走っても、月の位置が全然変わらないことに気付いたのです。

「サッちゃんはもう、私のことなんか忘れちゃったのかな……」

「そんにゃことはにゃい」

「でもさっきだって、私の横をすーっと通り過ぎて家に入って行っちゃった」

楽志も仕事の早番から帰ってきて、夕食の時間が始まりました。

〈次の自転車の名前は、エメラルドグリーンだから、エメちゃんにする〉

咲月のおしゃべりは「エメちゃん」の話題ばかり。ソラちゃんのココロは複雑です。

「大丈夫にゃ。咲月がソラのことを忘れたりするはずはにゃい」

カギトラの言葉に、リビングやキッチンのほうから「そうだ」「そうやで」「カギトラの言う通りじゃ」と、モノたちの声が聞こえてきました。

「みんな今までありがとう」

「サッちゃんは、ソラちゃんのことが大好きなのよ」

「そうじゃ。卑屈にならず、堂々としておればよいのじゃ」

冷子と時蔵爺さんが気遣う言葉を掛けてくれます。

でもソラちゃんは、みんなに気遣われると、かえって重苦しい気持ちになりました。

「みんなに楽しく見送ってほしい！」

「よっしゃ、今夜はソラちゃんの送別会や。『バイシクル・レース』唄ったろう」

クイーンの曲で、自転車のことを歌った曲『バイシクル・レース』。ラジ郎の時は『レディオ・ガガ』を送別の歌にしたのでした。ソラちゃんを送り出す時は『バイシクル・レース』です。

「私の大好きな自転車ー、楽しく乗りたいな～♪　素敵な水色の自転車ー、どこまでも一緒に走ろう～♪」

スマ次郎が「でたらめな替え歌だね」とツッコみますが、テレ男は構わず繰り返し歌い、しまいには、みんなでココロの声を合わせた大合唱になりました。

ソラちゃんも一緒に合唱に加わりました。

「ソラよ、ワシも、テレ男もタケルもみんな同じじゃ。モノとして生まれれば、いつかは役目を終える。仕事をやりきったなら、決して悲しいことでも恥ずかしいことでもないのじゃ」

＊

土曜日の午後、咲月は家の前の小さな庭でソラちゃんに乗って、最後の記念撮影。楽志がスマ次郎のカメラを構えています。

「スマ次郎さん、最後だからきれいに撮ってね」

ソラちゃんはスマ次郎にお願いしました。スマ次郎は「日ノ出楽志の腕がよくないけど、ベストを尽くすよ」と答えました。

〈やっぱり、ソラちゃんはもう小さ過ぎるね〉

咲月は笑いながら、ソラちゃんのペダルをぎこちなくこぎ出しました。家から店まで、咲月との最後のサイクリングです。

「灯里さん、チーム・やおよろずのみんな、バイバイ！」

ソラちゃんはサッシ窓越しに、みんなに向かってココロの声でお別れの挨拶をしました。

今の咲月にはサドルが低すぎて、立ちこぎしないと上手く前に進みません。でも咲月はサドルに腰を下ろし、ゆっくりペダルをこぎました。早歩きする楽志と同じぐらいのスピードです。

いつもなら風を切ってスピードを出す下り坂も、今日はブレーキをかけながら走っています。

ソラちゃんは、ゆっくりと坂道を下りながら、思い出します。咲月が一年生の時、この下り坂で電信柱にぶつかって一緒に転んだことがありました。その時、咲月は掌をすりむいて泣きべそをかきながらも〈ソラちゃん、大丈夫？〉と声を掛け、倒れたソラちゃんの体を起こしてくれたのでした。

　いつもの道を通りながら、いろいろなことが思い出されます。アゲハチョウが留まっていたツツジの植え込み、晴れた日には富士山が遠くに見える坂の真ん中、毎年ツバメが巣を作る家の軒先……。何度も咲月を乗せて走ったこの道とも今日でお別れです。しばらく走ると、初めて補助輪を外して咲月を乗せた公園の前に差し掛かります。そこで咲月はブレーキをぎゅっと握りしめてストップしました。

〈パパ、この公園でソラちゃんに乗る練習したね〉

〈そうだね。サッちゃんはいっぱい転んで、いっぱい泣いたね〉

〈ちょっと公園の中を走ってもいい？〉

　咲月はソラちゃんに乗って公園の中へと入っていきました。そして立ちこぎで、できるだけスピードを出して、公園をぐるぐると回りました。

〈乗れた時は嬉しかったね！　こんな感じで、何周も走ったね！〉

　咲月は笑いながらペダルをこぎ続け、いろいろなことを話しました。最初は楽志に向かって話していましたが、そのうち、ソラちゃんに向かって話し出しました。

　チーム・やおよろずのみんなが言った通り、咲月はソラちゃんを大切に思っていたのです。

〈ソラちゃん、最後だから思いっきり楽しく走ろうね〉

「そうだね、サッちゃん！　笑ってお別れしよう」

ソラちゃんも嬉しくなって、咲月を乗せた最後の走りを楽しもうと思いました。

でも、だんだん咲月の口数が少なくなってきました。黙々と、立ちこぎを止めてサドルに座り、こぎにくくても構わずに、ゆっくりとソラちゃんをこいでいます。

〈サッちゃん、そろそろ行こうかね〉

楽志に促されて、咲月はブレーキをかけてソラちゃんを止めると、黙って頷きました。公園を出ると、もう間もなくサイクリングショップに着いてしまいます。

〈ソラちゃんはもう、他の子に乗ってもらったりはできないのかなあ〉

咲月がゆっくり、ゆっくりとソラちゃんのペダルをこぎながら楽志に訊ねました。

〈ソラちゃんは作られてから十年も経つから、古過ぎて買取はできないんだ〉

〈そっか……ソラちゃんは自転車屋さんに引き取られた後、どうなるの〉

〈ソラちゃんの体は、分解されて一度なくなる。でもまた別のモノに生まれ変わるよ〉

サイクリングショップに着くと、次の自転車「エメちゃん」が咲月を待っていました。

「こんにちは、エメちゃん」

ソラちゃんに話し掛けられ、エメちゃんはびっくりしている様子です。

咲月がソラちゃんからゆっくりと降りて、スタンドを下ろして床に立てました。

「エメちゃんって、私のこと？」

「そうだよ。エメラルドグリーンのエメちゃん。サッちゃんが付けてくれた名前だよ。私は水色だからソラ。サッちゃんのお友達。サッちゃんが五歳の時から乗せてたの」

ソラちゃんとエメちゃんの横で、咲月は楽志と一緒に、店主と話しています。

「エメちゃんは、私よりだいぶお姉さんの感じね。だから心配しなくて大丈夫だね」

「待って、ソラちゃん。聞きたいことがいっぱいある。でも時間がないね」

店主が咲月の身長に合わせて、エメちゃんのサドルの高さを調整し始めました。

ソラちゃんは、まとまらない考えをエメちゃんに一生懸命伝えました。

サッちゃんはブレーキをかけるのが少し遅いから気を付けてね。前カゴに忘れ物をするから気を付けてね。あと、転んで泣いちゃったとき「泣かないで」って言うと、少しだけ通じてた気がするの。今は小学三年生になってあまり泣かなくなったけど、昔はよく泣いたの。

ソラちゃんは、いろいろと思いのままに、咲月のことを話しました。

「サッちゃんは、風を切って坂を下るのが大好きなの。でもスピードを出し過ぎることがあるから、その時は気を付けてあげてね」

「気を付けてあげるって、どうすればいいの？」

「うーん、どうすればいいんだろう」

ソラちゃんは少し考えてから「分からないなあ」と言いました。

「でもとにかく気を付けてあげるの。転びませんようにとか、けがしませんように、とか」

別れ際、咲月がポロポロと涙を流し始めました。

〈サッちゃん、ソラちゃんとお別れするのは寂しいけれど、悲しいことではないんだよ〉

楽志が咲月の肩に手を置いて、言い聞かせています。

「そうだよ、サッちゃん。今までありがとう。泣かないで」

ソラちゃんもココロの声で、今は晴れやかな気持ちで咲月に語り掛けました。

楽志が〈ありがとうでお別れしようか〉と促すと、咲月は大きく頷いて〈ソラちゃん、ありがとう〉と泣き笑いで言いました。

「ありがとう、サッちゃん。楽しかったね。私も楽しかった」

ココロの声は届かなくても、ソラちゃんはいつも咲月と通じ合っていました。

咲月がソラちゃんのハンドルをそっとなでると、ベルに手が触れて「チリン」と短く鳴りました。咲月はベルの音に「あっ」と反応して、笑顔になりました。

〈なんだか今、ソラちゃんの声が聞こえたみたい。ソラちゃん、ありがとう。バイバイ〉

笑顔に戻った咲月は、もう一度ソラちゃんにお礼を言い、お別れをすると、エメちゃんにまたがりました。そして、恐る恐るの様子で店の外へペダルをこぎ出していったのでした。まだぎこちないけれど、高さはぴったり合っています。

「エメちゃん、サッちゃんをよろしくね！　一緒に楽しく暮らしてね！」

咲月のために気を付けることなどをエメちゃんにいろいろと話しましたが、結局、ソラちゃんが一番伝えたいことはこの言葉でした。

＊

駅前から家に向かう帰り道は、上り坂。咲月は、ソラちゃんに乗って下ってきた坂道を、エメちゃんに乗って上った。今までで一番高いところまでペダルをこいで走って上れた。小さなソラちゃんでは、少し上るとペダルをこぐのがきつくなって、サドルから下りて手で押して家まで帰っていた。

「おおっ、サッちゃん、だいぶ坂道を上れるようになったね！」

「うん。ここまで上れたのは初めて。でも、ソラちゃんを押して帰るのも楽しかった」

ソラちゃんを押して坂道を上る時は、いつもより歩くスピードがゆっくりになった。すると普通に歩いていたら気が付かない道端の落ち葉や木の実を見つけたり、夕方を過ぎると坂の上の空に昇り始めたばかりの月や星が見えたり、いろいろな発見があった。

「最後にソラちゃんのベルが『チリン』って鳴ったでしょう？　きっと、ソラちゃんがお別れの挨拶をしてくれたんだね。『バイバイ』って言ってたんだと思う」

「そうかもしれないね。ソラちゃんがサッちゃんの気持ちに応えてくれたんだね」

咲月はそう信じたかったし、本当にソラちゃんからのお別れの挨拶が聞こえたような気がしたのだった。しかも、とても明るくて優しい声で。

人もモノも、めぐり逢ったら必ずお別れの時がくる。ソラちゃんとのお別れは寂しかったけれど、一緒に過ごした時間や、一緒に走った道のりこそが大事なのかもしれない。ソラちゃんとのお別れとエメちゃんとのめぐり逢いが、それを教えてくれた。咲月はソラちゃんとの思い出を胸にしまって、エメちゃんとの毎日も楽しく過ごしたいと思った。

「エメちゃんも大事に乗るよ。よろしくね」

咲月はエメちゃんを押しながら坂道を上り切ると、もう一度サドルにまたがった。左足で地面を蹴り、右足でエメちゃんのペダルを踏み込んだ。

高さがちょうどよくて、車輪も大きいエメちゃんは、ぐんぐんと加速。咲月は、家に向かってスピードを上げて走った。風を切り、目の前に見えるものがどんどん左右に割れてゆく。ソラちゃんに乗っていた時とは違った景色。

「おーい、サッちゃーん、待ってー！」

楽志が後ろから追いかけてくるけれど、エメちゃんのスピードが早くて追いつけなかった。

*

モノゴコロ市場つきみ坂店の店長になった楽志の休日は、毎週水曜と日曜。

楽志は最近、「森の台小学校　おやじの会」に入会した。咲月が通う学校のために、父親として役に立ちたいと、張り切っていた。

今日は日曜日。小学校の会議室で、毎年秋に行われる『森の台小学校祭り』に向けた企画の打合せだ。祭りには毎年、おやじの会のメンバーも出店している。焼きそばや豚汁といった定番の食べ物を販売したり、日曜大工で作った棚や小物入れを販売したこともある。

今年は、おやじの会でバザーを出店する。販売する商品は、衣類やおもちゃが中心だ。

楽志は、これまでの経験が役立つ絶好の機会だと張り切った。

「家電や家具とかもOKにしてみませんか？　不用になった家電や家具を提供してもらって、他のご家庭でお手頃な価格で買ってもらえるようにするんです」

緊張しながらも、意気込んで提案した。用意していたレジュメを配った。体育館の一画をバザー会場にして、大きなモノも売れるようにする案だ。

でもあまり反応が良くない。みんな難しい顔をしながらレジュメを眺めている。

「よかったら、出品を希望する人のお家に、ぼくが出張査定にうかがって、動作確認やクリーニングもぼくがやります。もちろん、汚れのひどいものは引き取らないようにします」

バザーの品物回収には、訪問引き取りや、公民館への持ち込み、お祭り当日朝の学校への持ち込みなど複数の方法がある。

「うーん、中古の大きなものは、あまり売れないでしょう」

「そうでもないんです。特に最近は、中古品を使うのは恥ずかしいことじゃなく良いことだと、考え方が変わってきました。世の中の人たちが変わり始めています」

不景気の影響で、節約したい思いもきっかけの一つかもしれない。でもモノを大切にする波が来ているのは確かだと、楽志は感じるのだ。

「テーマは『モノを大切に。身近なことから始めよう』です。子供の学びにも繫がります」

楽志は話し始めるや、まくし立てるように熱弁をふるってしまった。悪い癖だとは思いながらも、自分の好きなことになると、言葉が止まらなくなってしまう。

「ちょっと待ってください。日ノ出さん、わざわざ家電や家具を売らなくても、今まで通り衣類やおもちゃなどで、モノを大切にする心がけは十分伝えられると思いますが」

「テレビや洗濯機のような大きな中古品を売れば、子供たちの心に強く残ると思います」

熱弁する楽志とは逆に、他の父親たちからは「そうかなあ」と疑問の声が上がった。

「大丈夫でしょうか。小学校のお祭りを使って、日ノ出さんの会社やお店の宣伝をしている印象を受けます」

「そんなつもりはありません。ただ、モノを大切にする活動を広めて、子供たちにも、親たちにも理解が深まればと思っているだけで……」

会長が「日ノ出さん、ちょっと現実的な話をしていいですか」と遮った。

「中古家電のリユースとか、確かに最近伸びてきていますけれど、正直な話、おやじの会には、家電メーカーや、家具の量販店にお勤めの方もいます。本音としては新品を買ってほしいというか……そのあたりのことにも、少し気を使ってもらえませんかねえ」

みんな黙って頷いている。中古の家電や家具を売るのは賛成できないということだ。

「服やおもちゃは、子供向けのバザーの定番ですし、昔から、お下がりを使う文化がある程度根付いています。でも家電や家具は、小学校のバザーには場違いだと思いますよ」

会長は、自分のスマホを楽志に向けて見せてきた。「小学校　バザー　家電」というキーワードでの検索結果だ。確かに検索結果に出てくるのは服やおもちゃばかり。

「それに、仮に冷蔵庫や電子レンジを出品してもらうとして、売れ残った時の処分はどうするんでしょう。日ノ出さんの店で全て引き取っていただけるんでしょうか」

勢いでつい「分かりました。引き取りましょう」と言ってしまった。

売れ残ったものを全て引き取るのは難しいかもしれない。でも楽志は諦めきれない。

「日ノ出さんがそこまで仰るなら、やってみますか……」

会長が渋々な様子で他のメンバーに同意を求めた。みんな、曖昧（あいまい）に頷いた。

「ありがとうございます！」

いつも人に恵まれてきた。今は渋っている人にも、きっと分かってもらえると思った。

*

秋の夜長です。タケルは夕食の後、明日の朝の炊飯予約に備えて、力を蓄えていました。

すると楽志が張り切った様子で鞄の中から一枚の紙を取り出し、食卓の上に差し出しました。

〈今年の森の台小学校祭りのバザーで、家電と家具を売ろうと思うんだ〉

咲月が眠った後、楽志はリビングの食卓で灯里にバザーの企画を語り始めたのです。

〈お祭りのバザーを通して、モノを大切にする気持ちを広げていくんだ〉

タケルは「大賛成です！」と叫びました。自分がリサイクルショップで楽志とめぐり逢い、活躍の場を得たように、小学校のバザーでたくさんの人とモノとの縁が生まれるのだと思うと、ご飯を焦がしてしまいそうなぐらいココロが熱くなります。

〈意気込みはいいと思うけど、他の人たちに協力してもらえるの？〉

昨年ＰＴＡで広報係を担当していた灯里は、親の活動の大変さが分かっているのでしょう。

〈大丈夫。初めての試みだから、みんな少し戸惑ってたけど、最後は大賛成してくれたよ〉

「なんか楽志はすごい盛り上がってるみたいやけど、ホンマか？」

テレ男に訊かれ、スマ次郎は「日ノ出楽志が突っ走っているだけさ」と答えました。

「父親たちの会議の途中で、日ノ出楽志がぼくをテーブルに置いたままトイレに立った。すると他の家の父親たちが不信感を露わにして彼のことを話し始めたのさ」

「なんて言うてた？」

「みんな口々に『あの調子じゃ誰にも止められないですね』とか『ちょっと困った人ですね』とか言ってたよ。みんな大人だから、かなり言葉を選んでるだろうね」

「要するに、楽志さんは、小学校のお父さんたちの会で浮いてるっていうことね」

冷子が溜息交じりに言います。

〈ぼくね、サッちゃんには内緒で、お祭り当日のサプライズにしようと思うんだ〉

〈あまり突っ走り過ぎないほうがいい気がするけど、大丈夫？〉

心配する灯里をよそに、楽志は今こそ自分の仕事が地域の役に立つと大張り切り。

「なにやら空回りしている予感がして仕方がないのじゃが……」

「大丈夫ですよ！　楽志さんはモノを大切にすることで、人生をよくしてきたんですよね」

タケルは楽志を信じて、陰ながら応援しようと思いました。

＊

水曜日の放課後、咲月は自転車のエメちゃんの前カゴにラケットを入れて、ペダルをこぎ、スポーツセンターへ向かう。週に一度のバドミントン教室。咲月はそれを毎週とても楽しみにしている。若い女性のコーチは優しくて教え方が上手だし、一緒にレッスンを受ける三十人ぐらいの生徒も、気の合う仲間たちだ。

楽志が言っていた。ぼくは運がいい。人に恵まれていると。咲月は、きっと自分も運がよくて人に恵まれているのだと思えた。毎週、練習の度に上達していくのが実感できて、嬉しかった。

今日は教室内の生徒同士で練習試合の日だから、いつにも増して気合が入っていた。

エメちゃんを軽やかにこいで公園を通りかかると、ブランコの近くに同級生たちが何人か集まっていた。

「あ、日ノ出さんだ。ちょっとこっちにおいでよ」

同じクラスの長谷部瑠香（はせべるか）に声を掛けられた。瑠香は端整な顔立ちと活発な性格で男女両方の同級生から人気があり、勉強も運動もよくできる。咲月は少し気おくれした。

咲月はエメちゃんのペダルをゆっくりとこいで公園に乗り入れ、ベンチの脇に停めて「どうしたの？」と恐る恐る瑠香たちの輪に近寄った。

「一つ聞いていいかな。日ノ出さんのパパって、なんていう名前だっけ？」

「うちのパパ？　楽志だよ。音楽の『楽』に意志の『志』」

咲月が答えると、瑠香は横にいた男子に「日ノ出さんのパパの名前、楽志だって」と告げた。

彼は「変な名前だなあ」と呟き、タブレット端末を慣れた手つきで操作した。

「お、何か出てきたぞ。日ノ出楽志って珍しい名前だから、この人だよね？」

モノゴコロ市場のホームページの社員採用ページが検索結果に出てきた。『先輩社員の声』のページに写真付きで楽志が載っていた。楽志はワイシャツの上に店のエプロンを着けている。

咲月は、このホームページの存在を、初めて知った。

瑠香たちは、親の名前でインターネット検索をかけて遊んでいたのだった。

「うちの親父が言ってたぜ。日ノ出の父ちゃんとおやじの会で一緒で、変な人だって」

おやじの会は父親たちの集まりで、楽志はいつも張り切って参加している。家では「パパ友たちとは、すごく仲がいいんだ」と話していた。でも、陰では「変な人」と言われているらしい。

咲月は恐る恐るタブレット画面を覗き込んだ。ワイシャツの上にエプロンを着けた父が店の売場に立っている写真が目に入ってきた。

〈先輩社員の声：リサイクルショップ　モノゴコロ市場すみれ台店副店長　日ノ出楽志〉

社員採用ページのインタビュー記事だ。

「へえ、日ノ出さんのパパって、モノゴコロ市場に勤めてるんだ。しかも副店長！」

記事を読みながら、瑠香が感心した様子で言った。咲月は少し誇らしい気持ちになって「今はつきみ坂店っていう店の店長だよ」と答えた。

「店長だって！　日ノ出さんのパパ、すごいよ。ねえ、その記事、音読して」

瑠香に指示された男子が渋々な表情とは裏腹に、嬉しそうに記事を音読し始めた。

〈モノを大切にする。私はこれをテーマに生きてきました。使われなくなったモノたちを買い取り、新たに使っていただけるお客様に売る。この仕事は天職だと思っています〉

音読男子が「天職？　なんだそれ」と呟くと瑠香が「自分にぴったりの仕事ってことだよ。そんなことも知らないの？　早く読んでよ」と急かす。

楽志は仕事への思いを語っている。

文章中の言葉は、インタビューした会社の人が整えてくれているのだろう。

〈家ではモノに名前を付けています。テレビはテレ男、炊飯器にはタケル、小さい頃から自分を見守ってくれている古時計には時蔵爺さん、という感じで。名前を付けるとモノにますます愛着が湧くんですよ。するとモノたちも応えてくれます〉

「モノに名前付けてるんだ。へえ、面白ーい……」

瑠香が呟いた。「面白ーい」の言い方が急に投げやりになったように感じた。その様子に合わせるかのように、音読男子が「面白いっていうか変なやつじゃね？」と割って入った。

「だってテレビにはテレ男と名付けていますとか言って、ヤバいやつだろ」

音読男子はバカにしたような笑みを浮かべ、記事の音読を続ける。

「娘の服やおもちゃ、自転車もほとんどモノゴコロ市場で買いました。娘にもモノを大切にする気持ちが自然と身に付いていています、だって。日ノ出って、お下がりの服とか着てんの？」

「そうだよ。これもパパとモノゴコロ市場で買った服だよ」

咲月はお気に入りの水色のパーカーを自分で指さした。すると「マジで？」「そうなんだ」という驚きの声が上がった。咲月は身構えた。

中古の服を着て、中古のモノを使い、時には名前を付ける。そういう家で生まれ育ってきたので、なぜ驚かれるのか分からなかった。

「それ、全部お下がりってことだよね」

ニヤニヤ笑って冷やかす音読男子の言葉を瑠香が「違うよ」と否定する。

「お下がりって普通は兄弟とか年上の友達とかのものでしょう？　日ノ出さんのは、知らない人が使ってたモノだよ。お下がりじゃなくて古着だよ。お洒落じゃん！」

咲月には、なぜ男子たちが「お下がりだ」と冷やかすのか分からないし、瑠香が「お下がりじゃなくて古着だよ」と奇妙なフォローを入れるのも理解できなかった。

「何かおかしいのかな」

音読男子が「だって、キモいじゃん？　知らない人が着てた服とか」と顔をしかめた。

「日ノ出みたいなパターンって、親ガチャ的にはどうなのかな」

隣で話を聞いていたもう一人の男子が割り込んできて、瑠香に訊ねる。

パターン？　親ガチャ？　咲月は頭の中で疑問を繰り返した。

瑠香は「うーん」と少し考えるそぶりを見せてから、言った。

「親ガチャ的にはレアキャラってところかな」

「親ガチャって何？」

「知らねえの？　子供はどんな親から生まれるか選べない。運だけで決まるガチャみたいなもんだろう。金持ちの家に生まれるとか、昔から店やってる家に生まれるとか、父ちゃんがギャンブルで借金まみれの家とか。生まれた時に色々決まっちゃってんだよ」

音読男子がしたり顔で説明する。

「レアキャラってどういうこと？」

「めったに出てこない、珍しいキャラってことだよ」

そのぐらいは知っていた。なんで楽志がレアキャラと言われるのかが分からない。

「やっぱうちのクラスで親ガチャのトップは瑠香だよな。不動産会社の社長だもんな」

「ただの酒飲み親父だよ。仕事の付き合いだとか偉そうなこと言って、しょっちゅう酔っ払って夜遅くに帰ってくるんだから」

瑠香は否定するが、父親のことを褒められて、まんざらでもない様子だ。

「そういえば日ノ出さん、前に作文でモノに名前を付けて大事にしてるって書いてたよね」

「あ、それ思い出した！　日ノ出がコンクールで金賞もらって、校長が朝礼で作文読んでた」

瑠香の言葉に、音読男子が得意げに話を合わせる。そしてまたタブレット端末で何かを検索し始めた。今度は「日ノ出咲月」と入力して検索していた。

「おお、出てきたよ！　日ノ出の昔の作文」

市のコンクールで金賞になった作文なので、ホームページに載っていたのだ。彼は、その作文を音読した。そして「自転車のソラちゃん、炊飯器のタケル、テレビのテレ男」と名前を呼び、笑った。

「タケルは今日も元気にご飯を炊いてるか？」

音読男子が言うと、周りはみんなゲラゲラと笑った。

モノを大切にする気持ちを書いた作文で金賞をもらった嬉しい思い出が掘り返されて、笑われている。嬉しかったことが、急に恥ずかしいことのように思えてきた。

瑠香はにやけた顔で「ちょっと、止めなよ」と男子たちを注意した。男子たちは瑠香にかまってほしくて、瑠香の欲しがっている言動を忠実に実行しているだけだ。瑠香はそれを知っている。手を汚さずに、手下を使って咲月を、そして父の楽志をもてあそんでいるのだ。

とにかくこの場を早く立ち去りたい。

「変だよね。うちのパパ、ちょっと変わってるから」

思ってもいないことが思わず口を突いて、咲月は自分で自分が嫌になった。他の家と少し違うかなと、なんとなくは思っていたけれど、本当は、今まで変だと思ったことはなかったのだ。

「私、これからバドミントンだから、もう行かなくちゃ。じゃあね」

咲月は逃げるように「エメちゃん」にまたがり、公園の外へと走り出した。

後ろから男子たちが「その自転車の名前はー？・」「ラケットの名前はー？」と冷やかしてくる。

ずきんと胸が痛んだ。大切なラケットに名前を付けようと思って、決められずに迷っていたのだ。

背後から瑠香が「やめなよ」と男子を叱る声が聞こえた。その声に少し笑いが混じっているのを、咲月は聞き逃せなかった。それから瑠香は、大きな声で言った。

「日ノ出さーん、レアキャラって、悪い意味じゃないからねー」

咲月は聞こえていない振りをして全力でペダルをこいだ。

その日のバドミントン教室での練習試合は集中できず、下級生に負けてしまった。

家に帰ると、定休日の楽志がご飯の支度をして待っていた。

「おかえりなサッちゃん！」

いつもは「ただいマンモス」などと返すのだが、今日はとてもそんな気になれない。

「今日はサッちゃんが好きな炊き込みご飯にしたよ。パパ、味噌汁よそっておくから、サッちゃんはタケルからご飯よそっといて」

咲月は言われるがままにしゃもじを手に取り、タケルの蓋を開けた。湯気と一緒にゴボウや鶏肉の香りがふわっと立ち上る。

楽志はいつも言っていた。タケルは炊き込みご飯が得意なのだと。

嬉しいはずの炊き込みご飯。でも、男子たちの声が頭の中でこだまする。

〈タケルは今日も元気にご飯を炊いてるか？〉

男子たちはバカにしながらゲラゲラと笑っていた。

「さあ、タケルの炊き込みご飯は美味しいぞー」

「これは炊飯器だよ」

咲月は思わず呟いた。味噌汁をよそっている楽志は「どうしたの？」と聞き返してくる。

「これはタケルじゃない。ただの炊飯器だよ！」

「サッちゃん、どうしたんだよ、急に」

「モノに名前を付けるなんて、変なんだよ。あれはテレビ、これは時計。名前なんかない」

咲月はテレ男と時蔵爺さんを指差して言った。

そこへ灯里が仕事から帰ってきた。

「ただいま。どうしたの」

咲月は「なんでもない」と言って、夕ご飯を食べ始めた。茶碗から箸で炊き込みご飯をすくって食べた。やっぱり美味しい。でも口には出さず、黙々と食べた。

「サッちゃん、何かあったの？」

灯里が心配そうに訊ねる。咲月は「なんでもない」と答えたが、楽志が「なんか様子がおかしいんだ。『これはタケルじゃない。ただの炊飯器だよ！』とか言って」と説明する。

「パパは変な人なんだってさ。友達が言ってた。パパは親ガチャのレアキャラなんだって」

咲月は面倒になって、正直にそのまま言ってしまった。

咲月は「ごちそうさま」と言って、足早に二階へ上がり、自分の部屋にこもった。

この日から咲月は、モノたちの名前を呼ばなくなった。

＊

これはタケルじゃない。ただの炊飯器だよ！

　咲月の言葉がタケルのココロをぐるぐる回り、釜の中で反響しているような心地がします。他のモノたちも、ショックを受けています。でもそれ以上に、咲月のことが心配です。

「エメちゃん、外でサッちゃんに何があったか知ってる？」

　タケルは、サッシ窓の向こうにいるエメちゃんに、思い切って訊いてみました。

「公園にいた同級生がサッちゃんを呼び止めて、楽志さんの名前をインターネットで検索してた。それからみんなで楽志さんのことをバカにしたり、サッちゃんが一年生の時に書いた作文をからかったりして……」

　エメちゃんが、サッシ窓越しに、公園での出来事をモノたちに話してくれました。

「父親の名前をインターネットで検索して、バカにするなんて、ひどいですね……」

　タケルはもやもやした気持ちになりました。

「サッちゃんは確か『親ガチャ』とか『レアキャラ』とか言っとったな。悔しいやろうな」

　テレ男が心配すると、時蔵爺さんは「友達の言葉で苛立っているだけでなく、咲月も自分の考えに目覚めたのじゃろうな」と言いました。

「そうね。アタシたち自身も、なんておかしな家だろうって思ってるもんね。モノに名前を付けて、そのうえにココロまで宿るなんて」

冷子の言葉に、カギトラが「本当に奇妙な家だにゃ」と同意します。

咲月はいつもより早く二階で眠り、食卓では楽志と灯里が話しています。

〈ぼくのことをバカにするのはいいとして、サッちゃんまで嫌なことを言われるのはおかしいよ。ぼくがその子たちに話をしに行く！〉

〈そんなことしたらサッちゃんはもっとからかわれるだけだよ〉

〈サッちゃんはおかしくないし、何も悪くない〉

〈おかしくなくても、嫌なことを言われて傷付いているのは事実でしょう〉

〈ぼくのせいで嫌な思いをさせたなら、尚更なんとかしなきゃ〉

楽志は納得していない様子で、髪の毛をくしゃくしゃと掻きむしりました。

「あかんわ。灯里さんが言って聞かせても、楽志は頭に血が上っとるな」

「サッちゃんも、小学三年生でしょう。もうすぐ十歳だもの。自分の家は、なんか他の家と違うって、いつかは気付くわよね」

冷子の言葉に、テレ男が「考え方や習慣なんて、どの家も違うやろ？」と反論しました。

「どの家も違うけれど、日ノ出家はその違いが特殊で極端だから冷やかされるのさ」

スマ次郎が自分なりに分析します。

「親ガチャっていう言葉、ぼくらモノにとっては『持ち主ガチャ』ですよね」

タケルは「ガチャ」という言葉に複雑な思いを抱きました。

「モノも持ち主を選べない。ぼくらは、たまたま楽志さんに買われて日ノ出家にいます」

「せやな。アホな持ち主やし、変てこな家やけど、働き心地は悪うないな」

「ですよね。モノに『持ち主ガチャ』があるとしたら、ぼくは大当たりだと思います」

「タケルは相変わらず楽志のことが大好きだにゃ」

カギトラが伸びをしながら呟きました。

「ただ、ぼくらが居心地がよくても、サッちゃんが嫌な思いをしたら元も子もありません」

「まあ、深刻に考える必要はないやろ。おーい、サッちゃん、学校でいろいろ言ってくるやつがおっても、気にせんでええ。モノを大切にする気持ちは、悪いことやない」

テレ男が陽気なココロの声で、二階で寝ている咲月に向かって呼び掛けます。

「ワシは、そう簡単な問題ではないと思うがのう……。咲月が嫌な思いをしているのが問題じゃ。学校のバザーとやらで、楽志が極端なことをやらかさねばよいのじゃが……」

時蔵爺さんの悪い予感が、当たってしまうのでしょうか。タケルはその夜、あれこれと考え事ばかりして釜に熱が入らず、朝食用のご飯をほんの少しだけ硬めに炊いてしまいました。

＊

咲月が毎年楽しみにしている日がやってきた。

森の台小学校の秋の学校祭は、毎年十一月上旬の日曜日に開催される。

学校の敷地全体がお祭りの会場になり、保護者や卒業生たちが、いろいろな出店を企画する。焼きそば、磯辺焼き、コロッケ、カレーライス、豚汁などの出店が並ぶ。

咲月は今年も親友の村井ルミと清水亜紀との三人組で、祭りの出店を回った。楽しい一日になるはずだが、今年は少し勝手が違う。

楽志が「おやじの会」のバザーで張り切っているのだ。咲月は胸騒ぎがしていた。

昼食に、卒業生の出店で焼きそばを買った。校舎の脇のコンクリートの段差に座って、三人で焼きそばを食べていると、ルミと亜紀が午後の計画を提案した。

「お小遣いもだいぶなくなってきたから、体育館に行ってみようか」

体育館ではバザーもやっていて、楽志に会ってしまうかもしれないので、咲月は行きたくなかった。でも、無料のゲームや昔遊びのコーナーもある。ルミと亜紀が「けん玉とかやってみたい」と盛り上がってしまい、結局体育館へ行くことになった。

体育館に入ると、父親たちがブルーシートを敷いて衣類やおもちゃをたくさん売っていた。その隣の一画に、冷蔵庫、液晶テレビ、電子レンジ、テーブルとソファのセットなどがドカンと幅をとって並んでいる。画用紙で値札が貼ってあり、値段や品物の特徴が書かれていた。

楽志は会場にはいないようだ。昔遊びのコーナーでけん玉をしている間も、体育館に楽志の姿は見当たらなかった。会わずにすんで、咲月はホッとひと安心した。

しばらく遊んでから体育館の外へ出ると、同じクラスの男子たちに呼び止められた。

「おい、日ノ出の父ちゃんが、こんなモノ配ってたぜ」

手渡してきたのは、一枚のビラだった。バザーの宣伝のビラだ。楽志が手作りで印刷したようだ。ビラの一番下には「おやじの会　日ノ出楽志」とご丁寧に名前が書いてある。

〈モノを大切に。中古品を使うって、地球にやさしい！　かっこいい！〉

「日ノ出さんと同じクラスですって言ったら、めっちゃしゃべり出して、チョー話が長いし」

クラスの男子を引き留めて熱心にモノの話をする楽志の様子が思い浮かぶ。きっと「愛着」とか「モノを大切にするといいことばかりだ」とか、家で何度も聞いてる話だ。咲月はいつも楽しく聞いていたけれど、同級生たちに同じ話をしていると思うと、急に恥ずかしくなった。

「日ノ出の父ちゃん、すげえ変な人だよな」

みんな「そうそう」「目を見開いてしゃべってさ」「テンション高過ぎ」と同意する。

「みんな、分かるかな？　モノにはね、魂があるんだよ！」

男子のひとりが、大げさな調子で楽志の口真似をしながら言った。みんなが大爆笑した。

秋の学校祭でうきうきしていた気持ちが急に沈んでしまった。

生まれつき中古品の服を身に着け、中古品に囲まれて育ってきた。モノにも魂があると教えられ、いくつかの家電や家具には名前が付けられている。咲月にとってはそれが当たり前だったし、いいことだと思って作文にまで書いた。

でも最近少しずつ気付き始めていた。自分の家は他の家と違うし、ちょっと変だ。

家に帰ると、楽志が夕ご飯の準備をして待っていた。

「サッちゃん、パパはみんなにモノを大切にすることの素晴らしさを伝えてきたよ」

楽志はみんなの笑いの種にされていることも知らず、得意げにビラを食卓の上に広げた。

「サッちゃんに嫌なことを言ってくる子も、このビラを見ればきっと分かってくれる」

咲月の頭の中でプチンと何かが切れる音がした。ポケットの中からくしゃくしゃになったビラを取り出して「恥ずかしいからやめてよ！」と、食卓の上に叩きつけた。

楽志はぽかんと口を開けて絶句している。

「あの大きいソファとかテレビとか、どれだけ売れたの？」

「いや、ぜんぜん売れなかった。うちの店で引き取ることにしたよ。体育館の倉庫に一晩だけ置かせてもらって、明日引き取りにいく」

「大失敗じゃん。他の子のパパたちにも笑われてるよ」

「……ごめん、サッちゃん。パパのせいで、また恥ずかしい思いをさせちゃったね」

咲月はどう答えてよいか分からず「謝られても困るけど……」と言葉を濁した。

「気分が沈んだ時は食べよう。今日の夕飯はタケルの炊き込みご飯だよ」

「だからさあ、これはタケルじゃないよ。炊飯器だよ」

咲月は力のない声で、でもはっきりと言った。

*

〈だからさあ、これはタケルじゃないよ。炊飯器だよ〉

タケルは、炊き込みご飯を一生懸命炊きながら、咲月の言葉を思い出していました。

「もしかしてサッちゃんにも、反抗期が来たんやろうか……」

テレ男が心配そうに呟きます。

タケルは「反抗期ってなんですか？」と訊ねました。

「年頃の子が、親に反抗したり、口をきかんかったりする時期じゃ」

時蔵爺さんが答えると、食卓の上に置かれていたスマ次郎が「反抗期は、十代半ばから後半の子によくみられる。日ノ出咲月にはまだ早いかもね」とみんなに教えてくれました。

「反抗期やないなら、楽志に問題があるんやないか。変わった父親やからなあ」

テレ男は溜息交じりに呟きますが、タケルは割り切れない思いに囚われています。

「すべてのモノには神が宿っていて、みんなやおよろずの神に守られているんですよね？」タケルの問いに時蔵爺さんが「そうじゃのう」と答えました。

「サッちゃんが思いがけない形で傷付いてしまったのは悲しいし、心配です。でもモノを大切にする気持ちそのものは、楽志さんの胸の中では、信じ続けていいと思います」

楽志はタケルを素晴らしい炊飯器だと信じて、大切にしてくれています。タケルは、今度は自分が楽志を信じる番だと心に決めました。

第八章　二〇二〇年の試練

二〇二〇年が始まって松の内も過ぎ、世の中は正月モードから日常に戻っていた。

土曜日のよく晴れた午後、楽志は灯里と咲月と三人で、近所の公園に出掛けた。

咲月はエメラルドグリーンの自転車「エメちゃん」に乗って、公園の周りをぐるぐると走っている。でも咲月はもう、エメちゃんの名前を呼ばない。

それに咲月は楽志とほとんど話をしなくなってしまった。

咲月は公園の隅にエメちゃんを停めて、灯里とバドミントンを始めた。

楽志は元旦の初売りから出勤が続いていたので、年明け初めての休日だ。モノゴコロ市場つきみ坂店の店長になり、新しい店舗の運営に励んでいた。

店長になった責任やプレッシャーはあるが、店を良くしたい気持ちのほうが大きかった。

丁寧に接客し、モノをきれいに磨き上げ、分かりやすい札を付けて見やすく並べる。学生アルバイトにもこの基本を徹底するよう、自ら実践しながら指導していた。

休日の公園で、ふと店のことが頭をよぎった。今日のシフトは副店長と社員二名、アルバイト店員七名。トラブルなくやっているだろうか。心配するとキリがないが、きっと大丈夫だ。

冬晴れの空の下、笑顔でバドミントンに興じる灯里と咲月に目を向ける。

「パパもやってみる？」

灯里が楽志にラケットを渡そうとすると、咲月がすかさず「ママがいい」と遮る。

「いいよ、いいよ。パパは下手だから。ママとやったほうが練習になるもんね」

楽志は無理に笑顔を作って言った。

思い返せば、咲月とバドミントンとの出会いは、灯里がバドミントン部の後輩に洗濯機のシズルを譲ったのがきっかけだった。あの時お姉さんたちにもらったおもちゃのラケットとシャトルがなかったら、咲月はバドミントンとめぐり逢っていなかったかもしれない。楽志とはほとんど口を利かなくなった咲月だが、灯里とバドミントンをする時はこれまでと変わりなく、心の底から楽しそうだ。

一方で、楽志は咲月に嫌われている。いや、嫌わせてしまったのだと思った。

森の台学校祭りでビラを配っていた時、咲月のクラスメートたちは興味津々で立ち止まって話を聞いてくれた。普段、咲月に語って聞かせていた時と同じように。楽志は、自分の経験が少しでも子供たちの役に立ったと思って、嬉しかった。みんなニコニコ笑って楽しそうだと思っていたけれど、実はニコニコではなくニヤニヤしながらバカにしていたのだ。

その結果、咲月が恥ずかしい思いをしてしまったならば本末転倒だ。

最近、咲月は新品の服を買っている。お下がりは嫌だと、灯里に自分の意思を伝えていた。

きっと父親の恥ずかしい行動のせいで咲月は傷つけられ、怒っているのだ。

楽志はモノを大切にする素晴らしさを地域に広めようなどと大きなことばかり考えて、大事な娘からの信頼を失ってしまった。申し訳なくて、どうすればよいのか分からなかった。

でも一方で、モノを大切にして積み重ねてきためぐり逢いの末に、リサイクルみたいに縁がつながり、いま笑顔でシャトルを打ち合う妻と娘の姿がある。これもまた事実だ。

ラケットを振り、シャトルを打ち合う灯里と咲月を、楽志はぼんやりと眺めていた。

冬の陽射しがまぶしい、穏やかな午後。この後、わずか一ヵ月余りの間に日本中の、いや、世界中の生活が一変することなど、想像すらできなかった。

*

〈グッドクッキング公式ホームページ
２０２０年2月26日更新
新型コロナウイルス感染拡大対策に伴う講座開催中止のお知らせ

平素よりグッドクッキングをご利用いただきありがとうございます。

この度、お客様の健康・安全面を第一に考慮した結果、当面の間、国内の教室を休止することにいたしました。

【教室の中止期間】

２０２０年2月27日（木）～２０２０年3月31日（火）〉

〈令和2年2月28日
町川市教育委員会
町川市立森の台小学校　校長　山田　隆

新型コロナウイルス感染防止に係る市立小・中学校の休校について

日頃より本校の教育活動に、ご理解とご協力を賜り、ありがとうございます。さて、2月28日に国からの要請があり、本市の全ての市立小・中学校の休校が決定されましたので、お知らせします。ご理解のほど、よろしくお願いいたします。

休校期間
令和2年3月2日（月）から3月25日（水）まで。
＊春季休業期間は令和2年3月26日（木）から令和2年4月5日（日）まで〉

〈令和2年2月28日更新　モノゴコロ市場公式ホームページ
新型コロナウイルス感染拡大防止に関するお知らせ

株式会社モノゴコロ市場は、政府の見解などを踏まえ、お客様の安全と従業員の安全確保などのため、次の対象地域の店舗において営業時間の短縮を実施いたします。
営業時間　11時～19時
対象店舗　東京都、神奈川県、埼玉県、千葉県の全店舗
期間　令和２年３月２日（月）～令和２年３月16日（月）〉

〈令和２年４月８日更新　モノゴコロ市場公式ホームページ
新型コロナウイルス感染拡大防止に伴う店舗休業のお知らせ

株式会社モノゴコロ市場は、４月７日付で政府より発表された緊急事態宣言を踏まえ、お客様と従業員の安全確保と感染拡大防止のため、全店舗の休業を決定致しました。
店舗休業期間　令和２年４月12日（日）～４月30日（木）
対象店舗　全店舗
なお、感染拡大防止のため、オンラインによる買取サービスを開始し、ネット通販による販売サービスの充実を検討しております。
今後ともモノゴコロ市場をよろしくお願い申し上げます〉

＊

タケルはリビングの隣の小部屋で仕事する楽志の背中を見ていました。店を休業せざるを得なくなった楽志は、自宅でほぼ毎日テレワーク。

「楽志のやつ、よう毎日さぼらんで真剣に仕事しとるなあ」

さぼるどころか、リビングの隣の小部屋の引き戸を半分閉めて、仕事に集中しています。引き戸を半分開けている理由は、室内換気のためです。タケルの位置からは、楽志の背中がよく見えます。日ノ出家のモノたちは、テレワークによって、仕事に取り組む楽志の姿を間近に見るようになりました。

五月まで延長になっていた緊急事態宣言が間もなく解除される見通しで、今朝は店を再開する打合せのようです。

「日ノ出楽志は今、朝のリモート会議の準備をしているよ。彼なりに頑張ってはいるね」

スマ次郎が上から目線で楽志の仕事ぶりを解説します。家から会社の会議に参加するなど、少し前までは無かったことです。それが今は当たり前のことになっています。

「楽志なら居眠りしたり、ダラダラしたりするかと思っていたにゃ。意外だにゃ」

「楽志は昔から、得意なことには集中力を発揮するのじゃが、今は特によくやっておる」

時蔵爺さんも驚いています。

「楽志さんにとって今の仕事は得意なことだと、改めて証明されたわけですね」

タケルは、テレワークで懸命に働く楽志を見ながら、自分やチーム・やおよろずが彼の好きな仕事に出会うきっかけになれたことを、本当に嬉しく思うのでした。

「小さな頃から楽志を見てきたが、モノを大切にし続けて、天職に出会えたのじゃなあ」

時蔵爺さんがしみじみと秒針を進めます。

今はインターネットでの買取受付や、通信販売の強化など、やることが山積みのようです。

〈やっぱり中古品を扱うモノゴコロ市場としては、実際にお店で品物を見ていただいて、納得の品物を買っていただくのも大事です〉

楽志はリビングの隣の小部屋で、会社の業務用パソコンに向かってしゃべっています。

〈ぼくは店の再開初日から、できる限り元通りの勤務時間で仕事をしていただきたいです。アルバイトの皆さんの収入を減らさないようにしたいと思っています〉

「楽志のやつ、なにやら朝から、めっちゃ店長らしいこと言っとるで」

普段のドジっぷりからは信じられないぐらいシャキっとしていて、モノたちは驚いています。

「立場は人を変えるというのは本当かもしれんな」

時蔵爺さんが感心したその時、楽志が急に苦しそうな表情になりました。

〈すみません、急にお腹が……。ちょっとだけトイレに行ってもいいでしょうか〉

「せっかくみんなで褒めてやってたのに、残念なやつだにゃ」

楽志がトイレに立っている間、カギトラが小部屋の椅子の上に乗って、机の上にあるノートパソコンの画面を眺めました。画面に映るモノゴコロ市場の店の人たちが、笑い出しました。

「カギやん、楽志の代わりに会議に参加したれや」

「よし。俺の意見を言うにゃ。日ノ出楽志は俺のご飯をもっと豪華にするべきだにゃ！」

カギトラは画面に向かって大きな口を開けて「にゃあ」と鳴き声を上げました。

トイレから戻ってきた楽志が〈こら、カギちゃん、なんで勝手に会議に参加してるの〉と、慌ててカギトラを抱き上げます。

〈明日から、猫ちゃんに店長やってもらいましょうか〉

店の人が冗談を飛ばしてリモート会議の場が和んだところで、カギトラはお役御免となり、小部屋の外に出されました。それから楽志は小部屋の引き戸を締め切りました。

「カギちゃん、いい仕事をしたわね」と冷子が笑っています。

昼ご飯の時間になると、咲月が二階の部屋からリビングに下りてきました。

四年生になった咲月は、三月から学校が休校になっているため、通えていません。毎日、自分の部屋で、学校から出された課題をこなす毎日です。

〈よし、サッちゃん、お昼ご飯にしようか。すぐ準備するからね〉

咲月は〈自分でやる〉と言ってレトルトカレーを温め、タケルからご飯をカレー皿によそい、マスクを外してあっという間に食べると、また二階へ上がっていきました。

「ああ、楽志のやつ、咲月から相手にされてにゃいにゃあ」

楽志はテレ男の画面に映る昼のニュースを眺めながら、両手で頭を抱えました。

その時、テレ男の画面に映ったニュースが、午後の天気予報に切り替わりました。

タケルは、はっと思い立ちました。

「テレ男さん、カギトラさん、久しぶりにあれをやりましょう！」

「あれって、なんや……例のあれか？　そういえば久々やなあ。でもなんでや？」

「楽志さんに向けて『あの頃を思い出して』って、願いを込めるんです」

タケルはテレ男とカギトラにお願いしました。

「猫使いの荒い炊飯器だにゃ」

カギトラはテレビ台の上に飛び乗り、気象予報士が操る棒の先を前足で叩きました。

「楽志、思い出すんや。サッちゃんが生まれた頃も、こないしてようふざけとったろう」

＊

楽志はタケルからご飯をよそい、レトルトのカレーを電子レンジで温め、ご飯の上にかけた。テレ男のスイッチをオンにして昼のニュースを流しながら、カレーライスを食卓に置いて、マスクを外して一人で椅子に座った。

もう半年近く、咲月と話らしい話をほとんどしていない。学校のお祭りで楽志が空回りしたせいで、咲月は友達にからかわれ、嫌な思いをすることになってしまった。

楽志は食卓に両肘を突いて俯き、両手で頭を抱えた。その時、パシッ、パシッと乾いた音が聞こえてきた。顔を上げると、カギトラがテレ男の画面を前足でパシパシ叩いていた。楽志は「ふふっ」と少しだけ笑った。

天気予報が終わると、カギトラはテレビ台から降り、楽志の膝の上にひょいと跳び乗ってきた。椅子の上に胡坐をかくと、カギトラはその中でくるりと丸まって寝転び、楽志を見上げた。

「サッちゃんも、大きくなったんだねえ」

楽志はカギトラに語りかけ、頭をなでた。カギトラは心地よさそうに頭をもたげた。

咲月も来月には十歳になる。小さな頃は、無邪気に「テレ男、タケル、冷子しゃん……」と家の中のモノたちを指差して回っていた。小学校一年生の時には作文で、モノを大切にすることの素晴らしさを書いた。

でも、あの頃の咲月とは違うのだ。自分の考えが芽生えてくる頃なのだろうか。

「モノたちはみんな仲間なんだ」

楽志はひとりでポツリと呟いた。

それから、部屋の中のモノたちをぐるりと見回した。

楽志はふと思い出した。咲月が生まれたばかりの時、父親として、しっかりしようなんて考えるのは思い上がりで、咲月と一緒に成長していこうと決めたではないか。ならば、いま咲月との間にできた大きな溝も、一緒に成長していくための試練なのかもしれない。

「カギちゃん、テレ男、ありがとう。午後もがんばるよ」

咲月も二階の勉強部屋で、自分の力で学校の宿題と向き合っている。

楽志は両手を高く上げて伸びをすると、テレ男の電源を消し、仕事部屋へと戻った。

＊

ある日の真夜中、タケルはテレ男に声をかけました。

「コロナ禍になってから、チーム・やおよろずにもだいぶ負担がかかっていませんか」

「じわじわと疲れがきとるなあ。お家時間が長引いて、俺もだいぶ体にガタがきとる」

テレ男は二〇〇七年製です。製造から十三年、日ノ出家に来てから十二年目。

液晶テレビの寿命は平均で十年ぐらいです。

「タケルも、かなりしんどいやろう」

「忙しいですが、大丈夫です。テレ男さんより若いですから」

でも確かに、最近ご飯を炊く回数が増えて釜を休める暇がなくなっていました。

「時蔵爺さんはすごいですね。ずっと動き続けていますよね」

「ワシは淡々と時を刻んでおるだけじゃ。百年休まずに動いた古時計の歌もあるからのう。楽志たちは、皆を大事に使ってくれておる。平均寿命よりはだいぶ長く働ける気がするのじゃが」

自分も丁寧に使ってもらっているので、いま日ノ出家で十年目を迎えています。

「緊急事態宣言が解除されても、外出自粛（じしゅく）はしばらく続くやろう。みんな仕事が増えて、寿命が縮まるかもしれへん。でも、できるだけ長く一緒に仕事できるよう頑張ろうや」

「お前らにも寿命があるんだにゃ。それぞれ健康に気を付けるんだにゃ。おれもしっかり眠って省エネするにゃ」

冷子が「あら、カギちゃんはいつでもしっかり寝てるわよね」と笑いました。

「でもカギトラさん、最近、ちょっと寝てる時間が増えてませんか」

タケルが訊ねると、カギトラは「俺もいろいろ忙しくなってるからにゃ。なでられてやったり、膝の上に乗ってやったり」と言って、カーペットの上にゴロリと寝そべりました。

「カギやんも体には気を付けるんやで」

「そうだにゃ。俺も十三歳で、もうお爺さんだからにゃあ」

タケルには、カギトラの声がなんとなく弱気に聞こえたのでした。

*

咲月は近くのスポーツ用品店で買った新品のジャージを身に着け、二階から一階へと降りた。手にはラケットを持っている。

楽志が「サッちゃんは、がんばり屋だねえ。こんな遅くに練習？」と声を掛けてきた。

咲月は、うんざりしながら何も答えず、マスクを着けて家を出た。わざわざ夜の時間を選ぶのは、公園で同級生に会いたくないからだ。夜ならば、同級生は遊んでいないから安心だ。

咲月は暗い庭に止めてあるエメちゃんの側の空気入れを手に取って「エメちゃん、そろそろ夕イヤに空気入れようかね」と話し掛けた。うっかり名前を呼んでしまい、ハッと口をつぐんだ。

エメちゃんへの「愛着」は捨てられない。咲月はエメちゃんの前かごにラケットとシャトルを入れ、エメちゃんに乗って夜の坂道を下った。公園に着くと誰もおらず、咲月は安心してバドミントンのサーブ練習を始めた。

楽志のせいで、咲月には「お下がりちゃん」というあだ名が付いた。

担任の先生も「おふざけだから、気にしないほうがいいよ」などと気休めを言うだけだ。

咲月はもう、誰にも期待したくなかった。

もやもやした気持ちを振り払うように、ただ公園の隅の園灯の光の下で、黙々とサーブの練習を続けた。架空のネットを見立て、弾丸サーブを放っては、シャトルを拾いに行く。

バドミントンで強くなって、きっとみんなを見返してやるのだと思った。

しばらく経つと、ライトを付けた自転車が何台か、公園の中に入ってきた。塾帰りの瑠香とその取り巻きたち。同じ塾に通って、グループでつるんでいるらしい。

咲月は練習を止めて帰ろうとした。でも、遅かった。

「おい、お下がりちゃんがいるぜ」

瑠香が「もう、やめなよー」と笑い交じりの声で男子たちを咎(とが)める。

先頭を切って「よお、お下がりちゃん」と冷やかしてくるのは、前にも咲月の作文をネットで検索して音読した、音読男子。瑠香の気を引くためなら何でもやる、忠実な家来だ。

「そのジャージも、みんなお下がりか」

音読男子が冷やかすが、咲月は「新品だっつうの」と、冷めた声で返した。

「うわー、お下がりちゃん、むきになってる。怖いねえ～。このラケットもお下がり？」

そう言ってラケットをつかんできた。大切なラケットを触られ、咲月の中で全身の血が沸騰するように熱くなった。練習で鍛えた腕と腰の回転で、音読男子の手を振りほどく。

「貸せよ、お下がりのラケット」

なおもつかみかかってくる。気付いたら、咲月は咄嗟にラケットを思い切り振り回していた。ラケットの網の部分が音読男子の顔に直撃した。音読男子は鼻血を出したようで、マスクを外して指で何度も鼻血をぬぐいながら「ふざけんなよ！」と喚きながら、泣き出してしまった。

「先に手を出したのはそっちだよ。鼻血が出たぐらいで泣かれても困るんだよね」

咲月はできる限りの冷たい声で言い放った。

「お下が、いや日ノ出さんさあ、暴力はよくないと思うよ」

瑠香がさも優しげな声で、諭すように言った。

「黒幕は黒幕らしく、笑って見てればいいじゃん」

咲月は瑠香の目をまっすぐに見て言った。瑠香は「ちょっと意味が分からないんだけど」と笑っているが、マスクの上の瞳がはっきりと強張っているのが分かった。

「私、知ってるよ。あんたがみんなを操って私をバカにしてる。お下がりちゃんとかいうつまらないあだ名も、あんたが考えた。そうでしょう」

「バレてたか。まあ、そりゃそうだよね」

瑠香の声のトーンが急に下がった。

「ムカつくんだよね。『モノを大切にしたいですぅ～』とかいい子ぶった作文書いて、一年の時からウザかった。あんたの変な父親を見て、なるほどって思ったよ」

「本当のこと話してくれてありがとう。いまバドミントンの練習してるんだ。邪魔しないで」

自分を「イジって」くる面々に囲まれ、その黒幕に真正面から向き合い、本当は怖かった。でも、ラケットを持っていることだけが、咲月の心を強くしてくれた。武器を持っているからではない。自分には目標があって、それに向かって努力しているという自信だ。

「そんなに大切なんだね。そのラケット。ちょっとだけ貸してほしいな～」

瑠香が右手を伸ばしてきた。その手を、咲月はラケットを一振りして叩き落とした。瑠香は「痛っ」という大げさな声を発し、端整な顔をゆがめた。

「危ないよ。バドミントンって、飛んできたものは打ち返すスポーツだから」

その時、瑠香が理解不能な言葉を吐いた。

「日ノ出さんに、私の気持ちなんか分からない……」

「え？　それは私の台詞(せりふ)でしょう。バカにされる気持ちなんて人気者のあなたには分からない」

瑠香は聞いているのかいないのか「ちょっと貸してくれるだけでいいからさあ」と、またラケットに手を伸ばしてくる。咲月はラケットを一振りして瑠香を遠ざけた。

男子たちが「止めろよ」といいながら、ラケットを奪い取りにくる。

「来るな！　来るな、来るな、来るな！」

咲月は誰も近寄ってこないように、めったやたらにラケットを振り回した。

「うわ、お下がりちゃんがキレた！　逃げろ」

みんなヘラヘラ笑いながら自転車に乗って退散していった。鼻血を出した音読男子が去り際に
「どうなっても知らねえからな」と捨て台詞を残していった。

誰もいなくなった公園で、咲月は左手で髪の毛を掻きむしった。楽志の癖をそのまま真似していることに気付いて、咄嗟に手を止めた。

咲月は公園を出て自転車を押して家のほうへと続く坂道を上りながら、絶対に泣かないと決めた。泣いたり、困り果てて髪の毛を掻きむしったりするのは、弱い人間のすることだ。楽志のようにはなりたくないと思った。

家に帰ると、灯里の携帯電話に、一本の電話がかかってきた。応答した灯里の言葉を聞いているうちに担任の先生からの電話だと、すぐに分かった。お互いに謝って仲直りしましょう、といった話のようだ。音読男子の母親が「顔に大怪我をさせられた」と、担任の先生に電話で怒鳴り込んだらしい。「ケガをさせた子に謝らせろ」の一点張りだという。

「私は絶対に謝らないよ。私はあいつらにずっと怪我をさせられてるの。心の怪我だよ」

「ママも一緒に行くから、謝りに行こう」

灯里が言うと、咲月は「ママも謝ることない」ときっぱり言った。

「パパも一緒に行く。怪我をさせたことは謝って、サッちゃんが嫌なことを言われたなら、それは謝ってもらおう」

父親が諭すように言った。咲月は「じゃあ、一人で謝りに行ってきてよ」と低い声で言った。

「いや、サッちゃん、それは……」

「お下がりちゃん」

咲月は楽志の語尾を遮って言った。

「私、お下がりちゃんって呼ばれてるの。『おふざけ』でなんだって」

楽志は「お下がりちゃん……」と言ったきり、唇をわなわなと震わせた。

「サッちゃん、パパのせいでそんなことを言われているなんて……本当に申し訳ない。止めてほしいって、パパが言ってくる」

「もう関わるのやめてよ！」

咲月は家中にこだますするほどの大声で叫んだ。

「私はあいつらが何も言えなくなるぐらい強くなる。助けてほしいとか、思ってないから」

「いや、でも父親として……」

「父親として？　じゃあ、家の中にあるモノを買い換えてよ。タケルとか、テレ男とか、そういうのがバカにされるんだよ」

灯里が「サッちゃん、今日はいったん落ち着いて、上に行こうか」と促した。

咲月は楽志を睨みつけて、リビングを出た。横目に、髪の毛を掻きむしる楽志の姿が見えて、うんざりした。

＊

「お下がりちゃん、ねえ……」

静まり返ったキッチンで、冷子が呟きました。時蔵爺さんの振り子がわずかに乱れています。

「悪意の込もった呼び名じゃのう。まさか咲月がそこまで嫌な思いをしとるとは……」

楽志は缶チューハイを飲みながらテレ男の画面から流れるニュースを見つめています。

「くよくよ考えても仕方ありません。それぞれの仕事を続けましょう」

タケルはみんなを励ましました。

「俺はサッちゃんが不憫(ふびん)でならん。もう捨ててもろてかまへん。考えてみれば、うちら、みーんなもう買い替え時はとっくに過ぎとるやろう」

テレ男がココロの溜息を吐きました。

「楽志のキャラが強過ぎるから、サッちゃんが嫌な思いしてんねん」

「それは違うと思います」

タケルは、きっぱりと言い切りました。

「本当におかしいのは楽志さんではなく、サッちゃんや日ノ出家をバカにする人たちです」

「タケルの言うことは正論じゃが、楽志が極端すぎるところもあるのう」

「確かに、楽志さんが極端な行動に出て目立ってしまったかもしれません。でもやっぱり、最後の一歩だけは、楽志さんも簡単に折れてはいけないと思います」

「どういうことや？」

「楽志さんは、モノを大切にすることで人生を切り開いてきたんですよね？　その気持ちだけは、簡単に譲っちゃいけないところだと思います」

「タケル、お前はいっつも楽志の味方やなあ。でも今回ばかりは賛同しかねるで」

「そうは言っても、楽志さんがぼくらを捨てて、解決するようなことでもないような気がします。とにかくぼくらは今日の仕事、明日の仕事をしっかりやることです」

「まあ、タケルちゃんったら、時蔵爺さんみたいなこと言うわね」

楽志はテレ男の電源を消すと、布のクリーナーで画面を拭き始めました。

〈やっぱりぼくは変な人なんだね。ぼくがバカにされるのは構わないけど……ぼくがサッちゃんに嫌な思いをさせているのは、絶対によくないよね〉

語り掛けられたテレ男は「難しい問題やな……」と戸惑っています。

〈ぼくはモノを大切にしてきて、嬉しいことがたくさんあったけど、サッちゃんの場合は違うのかなあ……〉

楽志は、次はタケルの外釜や中蓋を丁寧に拭き取りました。

〈ぼくは君たちを買い替えたりはしない。でもサッちゃんに嫌な思いをさせないためには、どうすればいいんだろう〉

「楽志さんは楽志さん、サッちゃんはサッちゃんでいいじゃないですか」

タケルは、ココロの底からそう思いました。

その夜、楽志は酔った目で、最後は冷子の冷凍庫の霜取りまで始めました。

「楽志さん、大切にしてくれるのは嬉しいけど、そろそろ寝ないと。もうすぐ十二時よ」

「アホやけど、こういうところが、なんか見捨てられへんねんなあ……」

テレ男の言葉に、チーム・やおよろずのみんなが、ココロの声で賛同しました。

＊

秋の夜長です。新型コロナウイルスの「第二波」は第一波より遥かに厳しく、まだまだ感染が収束するめどが立ちません。

日ノ出家のモノたちは多忙な日々が続き、タケルも疲れが溜まってきています。そんな中でもタケルの目には、カギトラだけは前と変わらず、マイペースに暮らしているように見えました。

しかしある夜、カギトラの様子が少しおかしいことに気付きました。何度もトイレに行っては砂をかき、時々普段と違う力のない鳴き声を上げるのです。

タケルは、リビングに寝転んだカギトラに声を掛けました。

「カギトラさん、なんだか具合が悪かったりしませんか。大丈夫ですか」

「俺も歳だにゃ。疲れる時もあるにゃ」

〈ママ、ちょっとこっち見て……〉

晩ご飯を食べ終えた咲月が、食卓からカギトラに目をやり、言いました。

〈なんだかカギちゃんが、元気ない気がするんだけど〉

〈今日もトイレの砂を掃除したけど、おしっこは普通に出てたよ〉

楽志が横から言いました。毎朝カギトラのトイレの砂を掃除するのは、清潔さを保つためだけではなく、尿の状態を確認するためでもあるのです。

〈おしっこが出てるなら、大丈夫じゃないかな。ちょっと様子を見てみようかね〉

灯里も少し安心した様子で、カーペットに横たわるカギトラの体をなでました。

ところが次の日の朝、楽志が突然〈うわあ！〉と悲鳴を上げました。

〈カギちゃんのおしっこが赤い！　血が混じってるよ……〉

トイレの砂を掃除していた楽志が、気付いたのです。

〈すぐに動物病院に連れて行く〉

今日は水曜日で、楽志はたまたま休日です。

楽志は押入れからペットキャリーバッグを引っ張り出して、カギトラを中に入れました。

「病院はいやだにゃ……。行きたくにゃい」

嫌がるカギトラの言葉にも元気がありません。タケルは余計に心配になりました。

「カギやん、そんなこと言うてる場合やない。しっかり動物病院の先生に診てもらいや」

楽志に連れられ動物病院へ行ったカギトラは、ずいぶん長い間、帰ってきませんでした。

正午を過ぎた頃、ようやく楽志が帰ってきました。二階の勉強部屋から咲月が下りてきました。

分散登校のため、今日はオンラインで授業を受ける日なので、家にいるのです。

楽志が手に持ったペットキャリーバッグには、カギトラの姿がありませんでした。

〈あれ？　カギちゃんは？〉

チーム・やおよろず全員が楽志に聞きたいことを、咲月がすぐに聞いてくれました。

〈カギちゃん、しばらく入院することになった〉

獣医さんの話によると、腎臓（じんぞう）に石があるようで、薬を飲ませて様子を見て、それでも治らなかったら、手術するかどうか家族と相談することになるそうです。

〈手術しないと治らない場合は、歳も歳だから、イチかバチかになるって……〉

モノたちはみんな、静まり返りました。

＊

カギトラは、もうろうとする意識の中、何匹かの猫に囲まれていました。

そのうちの一匹は、見たこともない、キジトラ柄の雌猫（めすねこ）です。でも、この猫が自分の母親であることだけは、なぜか確信できるのでした。

母ちゃん……。

段ボール箱に入れられて一緒に捨てられたきょうだいたちもいます。みんなまだどこかで生きているのか、天国から下りてきたのかは分かりません。ただ、これは夢だとうっすら感じながら、こういう夢を見るのは、もう長くないからだと悟りました。

〈母ちゃん……。俺は奇妙な家で一生を送ったにゃ。モノたちと話ができる家にゃ〉

〈それは愉快なお家ね〉

〈カギトラっていう名前を付けられたにゃ。カギしっぽで虎模様だからにゃ〉

〈とっても素敵な名前じゃない〉

母親は優しく語り掛けてきます。やっぱり天国からのお迎えに違いないと思いました。

〈モノたちはみんな、毎日仕事をしていたにゃ。俺はご飯をもらったり、なでられたり、ブラシをかけてもらったり、膝の上に乗せてもらったり、やってもらってばかりだったにゃ〉

気になっていたことを、最後の最後に夢の中で、ほとんど初めて会う母親に言いました。

〈そこにいるだけで、みんなが幸せな気持ちになる。立派な仕事じゃないの〉

〈本当かにゃ。俺は、それでよかったのかにゃ〉

〈それでいいの。それがいいのよ〉

〈母ちゃん、最後に少し安心できたにゃ。もう思い残すことはにゃい〉

〈まるで終わりみたいな言い方ね。でももう少し、そのお家でやり残した仕事があるみたいよ〉

そこにいるだけで誰かを幸せにできるの。

幸せにできるの。幸せに……。

どのぐらい寝ていたか、覚えていません。時々、美味しくない粉の薬を口から無理やりねじ込まれては、かなり長い間眠っていたような気がします。

〈薬でなんとか回復できましたので、とりあえずはもう大丈夫です〉

男性のお医者さんの声が聞こえました。

〈ありがとうございます。本当にありがとうございます……〉

誰かが泣きながらお礼を言っています。楽志の声です。

横になっていたカギトラは頭を少し持ち上げて、周りを見渡しました。ケージの中にいました。中に敷かれたシートが濡れています。

〈尿も正常に戻っています〉

お医者さんがケージの扉を開けました。カギトラは、ゆっくりとケージの外へ出ました。

〈カギちゃん、よかった……〉

マスクを着けた楽志が、カギトラの顔に頬をこすりつけてきます。

「楽志、俺は生きてるんだにゃ」

カギトラは「にゃー」と声を上げました。

〈ありがとう。カギちゃんがいるだけでみんなが幸せな気持ちになるんだよ……〉

カギトラは、楽志に連れられ何日ぶりかに日ノ出家に戻りました。楽志がペットキャリーバッグを開けると、そこはリビングでした。カギトラは、のそっと這い出しました。

「カギやん！　戻ってきやがったんやなあ。ホンマにしぶといやつや」

憎まれ口を叩きながら、テレ男は本当に嬉しそうです。カギトラは急に元気が湧いてきて、いつもの居場所のキッチンワゴンに飛び乗りました。

「この通り、元気だにゃ。もうしばらくの間は一緒に仕事するにゃ」

冷子が「カギちゃんの仕事って、なーに？」と聞きました。

「楽志や灯里や咲月になでられたり、膝の上に乗ってやったりするのが、俺の仕事にゃ」

「ラクな仕事やなあと言いたいところやが、確かに、それはそれで大変やな」

テレ男が笑っているそばから、日ノ出家の面々がみんなカギトラのそばに大集合です。

楽志が「よしよし」とカギトラの頭をなでまわしながら、しきりにブラシを掛けています。灯里と咲月も顔を寄せて、大喜びでカギトラの下あごをなでまわします。

カギトラはごろんと横になって、喉をゴロゴロいわせています。

「カギトラさん、お仕事頑張ってください！」

タケルの声にカギトラは「任せとけにゃ」と元気に答えました。

カギトラはもう少し元気に生きて「やり残した仕事」を続けてみようと思うのでした。

＊

咲月は元気になったカギトラの頭をそっとなでながら語りかけた。

「カギちゃん、よかった。カギちゃんって、私よりもお兄ちゃんなんだよね」

咲月よりもカギトラのほうが三歳上だ。思えば、生まれた時からずっとカギトラが側にいた。

「飼っている」というよりも、「一緒に暮らしている」のだと、ずっと感じていた。一緒にいるのが当たり前すぎて、カギトラがどれほど大切か、忘れかけていた。

カギトラは、咲月に頭をなでられながら、周りを見回して「ニャー」と何度か鳴いた。

咲月も釣られて目を遣ると、そこには楽志が大切にしてきたモノたちがあった。この家のモノたちも、多くは自分が生まれた時から「一緒に暮らしている」のだ。急にそんなことを考えた。

テレ男、タケル、冷子さん、時蔵爺さん……。

自分はたまたま、モノに名前を付ける奇妙な家に生まれた。今となれば、日ノ出楽志という父親が、かなり変わった人だということも分かる。でもそれを恥ずかしいと思うかどうかは、自分の気持ち次第だ。同級生や他のだれかに言われて決めることではない。

咲月はもう一度考えた。猫に名前を付けて一緒に暮らすのはおかしくないのに、モノに名前を付けて一緒に暮らすのは、なぜおかしいのだろうか。

咲月は、周りに何を言われても、卑屈に思ったりするのは止めようと心に誓った。

「カギちゃん、決めたよ。私、負けないよ」

頭をなでると、カギトラが気持ちよさそうに頭をもたげて「ニャー」と少し長く鳴いた。

第九章　二〇二一年のめぐり逢い

嵐のような二〇二〇年度が終わろうとしている。

店長二年目を迎えた楽志は店のバックヤードで、インターネットから入ってきた買取の申し込みを一件ずつ確認してゆく。

「うーん、無理！　終わらないよ！」

楽志は事務机に両肘を突いて、両手で髪の毛を掻きむしった。

「店長、お疲れ様です。まだ昼ご飯食べてないですよね？」

昼下がりの二時過ぎ、働きづめの楽志を見かねて、アルバイトの男子学生が言ってくれた。バックヤードに設置されたアルコールスプレーを手に吹き付けて両手をこすり合わせている。

「もう少し作業したら、昼休憩をいただきます」

楽志はパソコンの画面に向かって、作業を続けた。

約一年前に初めての緊急事態宣言が解除された後も、新型コロナウイルスの感染者数は減っては増えてを繰り返した。その間、モノゴコロ市場つきみ坂店は、ずっと大忙し。ステイホームの「巣ごもり需要」で、今年度の店の売上は過去最高を更新する見込みだ。それなのに、全く嬉しくなかった。ソーシャルディスタンスの確保のため、店の運営も大きく変わった。

ステイホームは、家にとどまること。

ソーシャルディスタンスは人との接触を抑え、適度な距離を保つこと。

様々な対策が取られた。みんな常にマスクを着け、念入りに手を洗い、うがいをし、なるべく外出をしない毎日。しかし発生から一年経っても、ウイルスの感染は収束しない。

外出を控えて部屋にいる時間が多くなり、家の中を片付ける人が増え、使わなくなったモノを売るようになった。いわゆる「お家時間」を使って整理されたモノが売られ、そして「お家時間」を充実させたい人がモノを買う。

本社はインターネットを使った買取や販売のシステムを強化して、各店に導入させた。インターネットで手軽に買取の申し込みができ、ビデオ電話を使ってリモートで査定できる仕組みを作ったのだ。販売も、インターネットでの通信販売を充実させた。

テレワーク用の仕事机や椅子、ノートパソコン、家電製品などが飛ぶように売れた。

今年度は一回目の緊急事態宣言の期間に、店舗を約二ヵ月間も一斉休業したのに、店の売上は先月二月の時点で過去最高を記録。既に会社全体でも過去最高になる見込みだ。普通なら売上が増えれば喜ぶべきところだが、この非常事態では素直に喜べない。

営業時間は感染症対策のために短縮され、朝十時から夜八時。普段より三時間も短い。短い営業時間で、ずっと多くの来店客に対応しなければならない。アルバイト店員は、勤務に入れる時間が減るので収入も減り、短い勤務時間に対して逆にハードな仕事が増える。

社員もアルバイト店員も、忙しさで身も心もすり減っていた。それに、来店客もぎすぎすした人が多くなった。一年前の初めての緊急事態宣言の時はマスクが不足したため「なぜマスクがないんだ」「隠しているだろう」と怒鳴り込んでくる客もいた。マスクは取り扱っていないと何度説明しても、聞いてもらえなかった。

「店長、レジ点検やっておきましたー」

ママさんバイトリーダーが売場からバックヤードを覗き込んで声を掛けてくれた。彼女はこの店のことを知り尽くしたベテランのバイトリーダーだ。

「あ、すっかり忘れてた！　ありがとうございます！」

みんな店長がうっかり者で忘れっぽいことを分かってくれているのだ。

「本当にぼくは人に恵まれています。アルバイトの皆さんのおかげで店を回せている」

楽志が店長になったばかりの頃は少しどんよりした雰囲気だったこの店だが、今は目が回りそうな忙しさの中でもチームワークと活気にあふれている。

「アタシも店長に恵まれたと思ってるわよ。日ノ出さんが店長になってよかったって」

「え？　ぼくが店長でよかった……？」

「アルバイトは家計の足しだったけど、店長が来てから面白くなってきたのよ」

「皆さんがどんどん店を良くしてくれているおかげだと思います」

「店長が頑張ってるからですよ。ちょっと、おっちょこちょいだけど」

楽志は苦笑いしながら「ものすごく忘れっぽくて、すみません……」と謝った。

「それにしても最近、息もつかせぬ忙しさだわねえ。販売も買取も大盛況」

バイトリーダーは店内カメラの映像に目を遣りながら、小さく溜息を吐いた。

その時、机上の電話が鳴った。アルバイトの男子学生が取ってくれた。丁寧に店名と名前を名乗ったが、受話器から男性の怒声が漏れ聞こえてきた。割れた音声で「店長を出せ」と聞こえた。

「大変恐れ入りますが、店長へのご用件を承ってもよろしいでしょうか」

丁寧な接客は店の仕事の基本だ。彼の電話応対は誠実で、全く問題はない。だが受話器から絶え間なく怒鳴り声が漏れ聞こえてくる。「店長を出せ」の一点張りだ。楽志は「ぼくが出ます」と言って受話器を受け取り、保留ボタンを解除した。

「お電話ありがとうございます、店長の日……」

〈買い取れねえとは、どういうことだ！〉

常連クレーマーの男の怒鳴り声が耳に飛び込んできて、楽志はしばらく昼ご飯は食べられないと覚悟した。

〈お前、頭の悪そうなしゃべり方してるなあ〉

「私の話し方でご不快な思いをさせてしまったならば、申し訳ございません」

〈おい、バカにしてんのか！　なんで俺が売りたいもんを買い取れねえのかって聞いてんの。買い取れねえなら店やめちまえよ！〉

このような理不尽なクレームの電話も増え、いっぱいいっぱいだ。

一時間以上もの間、怒鳴り声を浴び続け、楽志は同じ説明を丁寧に繰り返した。

〈まったく、お前に言っても無駄なようだな。本社に電話するしかねえか〉

電話の相手も長い時間怒鳴り続けて、だいぶ疲れてきた様子だ。

〈モノゴコロ市場つきみ坂店の日ノ出っていう店長は、お客様からモノの買い取りを拒否するダメ店長だからクビにしろって、本社に言っとくからな〉

相手が捨て台詞を残してようやく電話を切った時には、もう三時前になっていた。

一日の売上の過去最高額を何度も更新しながら、店で働く人たちはどんどん疲れ果ててゆく。

楽志はなぜか青空の日に気分が落ち込み、店の有線放送で前向きな応援ソングが流れると、耳をふさぎたくなる。この気分、初めてではない気がする。そうだ。前の会社でリストラされて追い出し部屋に入れられた時と同じだ。

でもあの時と今とでは、楽志が抱えている問題は全く違う。

せっかくいい店になったこのつきみ坂店を、店長の自分が、コロナ禍から守らねばならない。楽志は「店長としての責任」に押し潰されそうになっていた。

一緒に働く人たちには恵まれているのに、暗い思いが楽志の胸の中に広がっている。

そんな日々の中、リモートの店長会議が開かれた。以前は月に二回、西東京支社の会議室に集まっていたが、コロナ禍に突入して以降、ビデオ通話のリモート会議に切り替わっている。

パソコンでリモート会議のシステムを起動させると、画面にマスクを着けた店長たちの顔が映っていた。

〈皆さんお集まりでしょうか。それでは始めます〉

西東京地区のマネージャーが店長会議の始まりを告げた。

それぞれの店で起きている問題や、これからの課題を話し合って共有する。

物井店長は何も言わず、静かに聞いていた。今年で五十三歳。モノゴコロ市場の店長の中で最年長だ。五十代になると地域のマネージャーや本社の幹部になる社員が多い中、物井店長はずっと店長のまま。モノゴコロ市場の社員たちの間では、店舗業務の生き字引みたいな物井店長を尊敬する者もいれば、あの人のようにはなりたくないと軽蔑する者もいる。

〈先日、アルバイトの学生さんが三人一斉に辞めてしまいました。安定してシフトに入れる場所で働きたいと言って〉

ある店舗の店長が、溜息交じりに発言した。コロナ禍で営業時間が短くなると、アルバイトの勤務時間と収入が自然と減ってしまう。

従業員のストレスの話題になると、グチや弱音が出始めた。一部の社員やベテランアルバイトに負担が偏っている、人手不足で店の雰囲気が悪くなった、など。みんな店の売上は伸びているのに、表情は疲れている。

〈なんだか、こんな大変な時に会社として何かほかにできることはないんでしょうか〉

若葉が丘店の店長がポツリと呟いた。彼は先月店長に就任した、期待の若手だ。

〈こんな大変な時なのに、私たち、普通に商売をしていていいんでしょうかね……〉

楽志はふと思い出した。十年前の大震災の時、物井店長と同じような話をしたことがあった。

画面越しに、物井店長と目が合った。楽志は思わず口を開いていた。

「こんな大変な時だからこそ、店を開けて、商売をしましょう」

画面越しに他の店長が何人か眉をひそめた。つきみ坂店の日ノ出楽志は「モノには魂がある」とかいう考えで、奇妙なブログを書いている変わり者の店長だと思われていた。

「大変な時だからこそ、一人一人が自分の持ち場を守る。それが大事だと思います」

〈日ノ出さんの言葉に賛成です〉

物井店長が初めて発言した。

〈先日、あるお客様が、衣類をワゴン車の後部座席いっぱいに積んで売りに来られました〉

そうだ。どんな時でも店を開けていること自体が誰かの役に立つのだ。

だが、その先の物井店長の話は、想像とはだいぶ違っていた。

〈どの品物も、ぱっと見ただけで明らかに保存状態が悪い。きっと時間を持て余して家の中を片付けていたら押入れの奥などに丸めて突っ込んであった昔の衣類が山ほど出てきた、といったところでしょう。段ボール十箱分、二百着以上ありました〉

若手店長が〈物井さんは、どのように対応されたのですか〉と訊ねました。

〈とても買い取れる状態ではなかったので、なぜ買い取れないのか、一着ずつご説明しました。シミ、ほつれ、虫食い。理由は様々でした〉

楽志の胸の内に、物井店長が買取相談スペースで、感染防止のビニールシート越しに一着ずつ服を広げ、客に説明する姿が、ありありと浮かんだ。

若手店長は〈二百着以上も、全て説明されたんですか？〉と苦笑いした。

〈いいえ。三十着目ぐらいで、お客様のほうから『もういい』とお申し出がありました〉

店長たちから乾いた笑い声が上がった。

最後にその客は、他の店では売ることはできる状態なのかと訊ねたという。

〈モノにも魂があります。相当長い間使われていなかった服たちは、要するに、ほぼ死んだ状態でした。だから服たちのためにも、捨てるのが最善の供養ではないかと申し上げました。ご納得いただけたかは分かりませんが、お客様は帰っていかれました〉

モノにも魂があります。そう言った時、もう一度物井店長と画面越しに目が合った。

〈私たちはモノの売り買いを通じて人と向き合う。非常事態の中でも変わらないと思います〉

物井店長は〈ねえ、日ノ出さん？〉と、画面越しに楽志に呼び掛けて笑みを浮かべた。

楽志は大きく頷きながら、この店長のもとで仕事ができたことを誇りに思った。

これまでと同じように、人とモノとのめぐり逢いを繋ぐこと。それが一番大事だ。

*

五月後半の水曜。正午を迎え、時蔵爺さんが鐘を十二回鳴らすと、楽志がリビングに出てきました。今日は楽志がテレワークで、咲月の学校がお休み。咲月は学童にも行かない日なので、一日、家でお勉強です。

ご飯を炊く回数が増え、タケルは疲れた体を奮い立たせて昼のご飯を炊き終えました。

モノゴコロ市場では、店長も週に一日以上はテレワークをすることになっています。楽志がテレワークをしている日は、家の中が騒がしくて落ち着かないのです。

一時期疲れ果てた様子だった楽志は、急に元気を取り戻しました。スマ次郎の情報によると、恩人の物井店長にリモート会議で励まされたのだといいます。

〈さあ、昼休みだ。テレ男、お昼のニュースを見ようか〉

楽志はテレワークの日も、一階の小部屋で集中して真面目に仕事をしています。そしてモノたちも、自分と一緒にテレワークを頑張っていると信じているのです。だから、小部屋から出てくると、あれこれチーム・やおよろずのみんなに話し掛けてきます。

〈タケル、君の炊き込みご飯を食べて午後も頑張るぞ！　カギちゃんも、ご飯を食べようか〉

そう言って楽志はカギトラのご飯の皿に、カリカリのキャットフードを入れました。

「楽志が家にいる時間が長くなると、にゃんだか疲れるにゃ」

「まったく、騒がしいやつやなあ」

〈さあ、さあ、テレ男君も大活躍！　お疲れ様です。お昼のニュースを教えてくださいな〉

楽志がテレ男の画面を布巾でササッと拭き、リモコンを操作して電源を付けると、新型コロナウイルス関連のニュースが流れていました。

「みんな大丈夫か？　俺は正直、ココロもかなりしんどくなってきた」

毎日流れてくるニュースには、新型コロナウイルスが暗い影を落としています。

「大震災の時とは全然違うけれど、何か同じような感覚がココロの奥にあります」

タケルは上手く言い表せず、冷子が「そうそう」と同調します。

「もやもやとして、何もできないもどかしい感じ」

「ホンマに、無力感ばかりやな。俺は電波に乗ってきたニュースを流すだけしかできん」

日ノ出家のチーム・やおよろずのメンバーには、ウイルスを無くしたり、感染症対策の役に立ったりできるモノはいません。

東京都内には、三度目の緊急事態宣言が出されています。外出自粛が続き、楽志、灯里、咲月の三人それぞれ、家にいる時間が増えています。だからモノたちは大忙しです。

「テレ男さん、がんばりましょう。大震災で停電した時は何もできませんでしたわ。でも今は動けますもの。サッちゃんの好きな番組もたくさん録画してありますわ」

「レコ美ちゃんに励まされると、少し元気が出たわ。そうやな、今は電気が流れとって、動けるもんな。一緒にサッちゃんや楽志や灯里さんに、おもろいもの見せたろうな」

「己のできることをまっとうする。それがモノの宿命じゃ」

時蔵爺さんは今日も生真面目に振り子を揺らし、秒針を動かし続けています。

灯里は本社に出勤する日で、一日不在です。料理教室の現場に復帰できると張り切っていた矢先にコロナ禍が発生し、対面でのレッスンはできなくなってしまいました。

最近はリモート講座の企画で忙しい毎日を過ごしています。厳重な感染症対策のもと、本社に新しく作ったクッキングスタジオで授業を撮影して、それを中継や録画で配信するのです。生徒にはレシピと材料を事前に送り、生徒は家からリモートで料理のレッスンを受ける方法を進めています。コロナの影響で、習い事のやり方もいろいろと変わってきます。

小学五年生に進級した咲月は、この五月、十一歳になりました。

一年前、初めての緊急事態宣言で約三ヵ月もの間、臨時休校期間が続きました。学校が再開した後も、感染状況によって短縮授業になったり、クラスを二つのグループに分けて一日おきに登校する、分散登校になったりして、ずっとコロナに振り回されています。

結局、咲月が四年生の間は学校の運動会も遠足も、学童のキャンプもみんな中止になり、五年生になっても状況はなかなか良くなりません。でも咲月は淡々と受け入れて生活しています。

昼ご飯の時間になり、楽志と咲月が食卓に着きました。

〈ふーっ、サッちゃん、オンライン授業はどう？　楽しい？〉

〈普通かな〉

〈今日は、鶏ときのこの炊き込みご飯にしてみたんだ。最近は鶏五目ご飯ばっかりになってたからね。どうかな？〉

〈別に、普通だよ〉

「あちゃあ、ほとんど会話なしや。やる瀬なくて、見てられんなあ」

テレ男はお昼のニュースを流しながら嘆きました。

「でも、最近はサッちゃんの答え方が柔らかくなっているようにも思えますが」

タケルは何か咲月の中で変化があったような気がしてならないのです。

咲月は炊き込みご飯を食べ終えると、茶碗と箸をシンクに片付け、二階へ戻りました。

楽志が小部屋に入って仕事を再開すると、タケルは、あることに気付きました。

「ああ、楽志さん、また取消ボタンを押し忘れてます」

炊飯器は、空っぽになったら取消ボタンを押しておかないと、いわゆる空炊きのような状態になってしまいます。ご飯が入っていないのに保温状態を続けて、内釜が熱いままになってしまうのです。これは炊飯器にとってなかなか疲れる状態です。

その時、咲月が二階から降りてきました。

〈また取消ボタン押し忘れてるし……〉

「気付いてくれたで。さすがサッちゃんや」

咲月はタケルの頭の上にある取消ボタンを押し、蓋を空けて内釜を取り出しました。シンクの中で水で洗い流し、それからスポンジに食器用洗剤を垂らして洗ってくれました。

「サッちゃん、ありがとう」

タケルは、ほっとひと安心。そして、赤ちゃんの頃から十一年間見守ってきた咲月が自分の釜を洗ってくれていることを、嬉しく思いました。

＊

夜の風呂上りに、楽志はリビングの隣の小部屋で店長ブログを書き終えて「フーッ」と溜息を吐いた。

社内で際物扱いされていた楽志のブログが一転、好評を得るようになり、大忙しなのだ。

少し前まで楽志は、他の店の店長や本社の社員たちの間で、おかしなブログを書いている変人の店長だと思われていた。ところが、その評価が急に変わった。楽志のブログを見た社長が、自分のブログで楽志が書いた記事を紹介した。

〈いま、つきみ坂店の日ノ出楽志店長のブログが熱い。モノには魂がある。まさにその通りです。私は、倉庫の一画で創業した二十五年前の思いを忘れかけていました。日ノ出店長のブログを読んで、あの時の思いが蘇ってきました。日ノ出店長に感謝します。こういう地道な取組みは、店の業績だけでなく、きっと社会をよくすることに繋がります〉

社長が褒めたたえた途端、社内での評価が百八十度変わった。

楽志の文章は下手くそで、いつも思いのままに書いている。その点も社長から「逆に思いが生々しく伝わる」と褒めそやされた。人の評価はどう転ぶか分からないものだ。

本社の広報部から液晶テレビにまつわるエピソードを書いてほしいとか、店長インタビューに答えてほしいとか、色々な依頼が舞い込んでくるようになった。

変人店長から一転、名物店長に祭り上げられたのだ。

そんな中、楽志の思いは複雑だった。実はつきみ坂店の売上に、急にかげりが出始めた。アルバイト店員の主力メンバーのうち三人が、急な家の事情で、同時期に辞めてしまったのだ。

いまのところ月の売上は横ばいだが、このままでは危ない。

もうすぐ、近くの国道沿いに、大規模ディスカウントショップが出店してくる。早く店の状態を立て直さないと、客を取られてしまう。

モノを大切にする信念を社内で評価してもらえたこと自体は、素直に嬉しい。とはいえ、肝心の店の運営に影を落としていては本末転倒。悔しくて、歯がゆい。

でも楽志は、ある一つの思いを胸に、ブログを続けている。

いちばん分かってほしい人に読んでもらえる日が来るかもしれない、という思いだ。

咲月とはほとんど口を利かない日々が続いている。傷付けてしまったことは取り戻せないけれど、自分の思いをあるがままにブログで発信し続け、いつか少しでも咲月に届けばと思っている。

二階から咲月の元気な話し声が聞こえる。灯里とバドミントン教室の話をしているようだ。

咲月は何かに取りつかれたように毎晩練習に励み、地域の大会の小学校高学年の部でベスト4に入った。隣の市の私立中学から推薦入学の声が掛かった。

咲月が元気で好きなことに打ち込んでいるならば、それで十分だ。

もしかすると、自分の思いを分かってほしいなどという考え自体が、自分勝手な押し付けではないか。そんな反省も浮かんでくる。

「冷子さん、今日は飲んでもいいですかねえ」

楽志は冷子の扉を開け、缶チューハイを取り出した。冷凍庫から氷を取り出す時に「いつもありがとう」と声を掛けながら、サッと霜取りをした。それからリモコンでテレ男の画面を起動させ、食卓の上に灯里が用意しておいてくれた晩ご飯を食べ始めた。今日の晩ご飯は唐揚げと、わかめの味噌汁と、野菜炒め。

咲月が小さな頃〈テレ男はテベリ？〉と、おぼつかない言葉で指さしていたのを、まるで昨日のことのように思い出す。

スマ次郎を起動し、モノゴコロ市場のサイトを確認すると、先ほどアップしたブログに読者からの「いいね！」が付いている。店の運営が危ないのに、ブログは大好評。

「カギちゃん、ぼくはどうすればいいんだろうねえ」

キッチンワゴンの上で香箱座りしていたカギトラの体をなでると、「にゃあ」と鳴いてゴロゴロと喉を鳴らした。

楽志は力なく笑って、カギトラの頭を優しくなでた。

会社用のスマートフォンが震えた。「夜分にすみません」という前置きで、広報部の社員から急ぎのメールが入っていた。リサイクル業界の専門誌で、ブログ店長の楽志に千二百文字程度のコラムを書いてほしいという、仕事の依頼だった。

楽志は一階にいるモノたちを見回しながら、どんなことを書こうか考えた。

「コラム『モノの魂』だってさ。サッちゃんに読ませたらますます嫌がられそうだけど、ぼくはぼくで、できることを精一杯やるしかないねえ」

カギトラに話し掛けるとまたキッチンカウンターに向かって大きな声で鳴いた。

「カギちゃんは『タケルのことを書きにゃよ』って、言ってくれてるのかな」

楽志はタケルのほうへ寄っていった。空っぽになったタケルの蓋を開けると「おや、タケル君、内釜のコーティングが少しはがれてきてるね」と語り掛けた。

「そろそろ内釜を取り寄せて交換しようかね。いい状態の内釜を使うと、他の機能も長持ちするんだ。まだまだ元気で頑張ってね、タケル」

そう言って楽志は、スマ次郎を手に取り、ネット通販でタケルの内釜を購入した。

「カギちゃん、ありがとう。コラムには、タケルのことを書くよ」

楽志はブログを立ち上げ、広報部から頼まれたコラムを書き始めた。タケルとの出会い、炊飯ボタンを何度か押し忘れてしまったこと、大切にした分だけタケルが炊いたご飯は美味しく感じられることなどを、思うがままに書き綴った。

＊

新しい内釜が届き、タケルは疲れが取れ、生まれ変わったような気持ちになりました。

仕事を久々に早く上がった楽志は、タケルで炊き込みご飯を炊くのだと張り切っていました。

内釜を新しく換えたから〈すごく美味しく炊けるはずだよ〉と自信満々です。

タケルは「よし、美味しく炊いてみせよう」という強いココロを持って臨みました。

スーパーで買った炊き込みご飯の素をご飯に混ぜて、炊飯ボタンを押すだけですが、楽志は〈さあ作るぞー〉と大げさに宣言します。

灯里は〈ありがとう〉と苦笑いし、咲月は無反応です。

そして、楽志は久々にやってしまったのです。

「楽志さん、あれだけ張り切っておいて、炊飯ボタンを押し忘れてしまいました……」

タケルは、モノたちに楽志の大ピンチを告げました。

「タケル、今日こそ証明してみせるんだにゃ。楽志の前で、自力でスイッチを入れるにゃ。モノには魂があるんだにゃって、証明してみせるにゃ」

「カギやんの言う通りや。久しぶりに三人がリビングに揃っとる。今がチャンスやで」

「ぼくだって、できることならそうしたいのは山々です。でも、三人がいる目の前で自力作動をやってしまうのは、さすがにどうかと……。バレたらまずいですよ」

タケルだって「モノには本当に魂があるんだよ」と咲月に伝えたいのです。楽志に名付けられたモノたちには、ココロが宿っていることも。

「バレてもええ！　そしたらサッちゃんも『モノには魂がある。この炊飯器はタケルなんだ』って、思うやろう。楽志のことも少しは見直すかもしれんで」

「冷静に考えてください。炊飯器が自力で炊飯ボタンを押したなんて、学校で話したら、サッちゃんはますますバカにされますよ」

テレ男は「バカにされたら、何度でもやってみせればええ。動画にでも撮ってもろうて、証明したるねん」と息巻いています。

「タケル、真面目な話をするで。楽志とサッちゃんの関係がこのままでええと思うか？　もう長いこと、ほとんどロクに口をきいとらんやろう。」

「よくにゃい！」

カギトラはまた「にゃあ」と大きな声で鳴きました。

「みな、落ち着くのじゃ。家康公のお言葉を忘れたのか」

「ああ、ニンゲンとモノの境界を踏み越えたら天罰が下るとかいうやつやろう。知らんがな」

　テレ男が、ニュース番組を流しながら、うんざりした口調で言いました。

「それに家康公のおっさん、言うとったよなあ。『ただし、日ノ出家の者が危機に陥った時を除く』って」

　そうこうしているうちに、楽志が〈あっ！〉と声を上げました。

〈炊飯ボタンを押すの忘れてた！　危なかった。またやっちゃうところだったよ〉

　楽志が奇跡的に押し忘れに気付いて、タケルの炊飯ボタンを押しました。

「楽志さんが自分で気付いちゃったわ。タケルちゃん、奇跡を見せるチャンスを逃しちゃった」

　冷子が残念そうに言いますが、タケルは「これでよかった」と、ひと安心。

　その時、楽志が〈ねえ、サッちゃん〉と話し掛けました。

〈バドミントンの推薦入学の話、パパは大賛成だからね。好きな道を進めばいい〉

　楽志が咲月に話題を振りました。隣の市に、バドミントン部の強い私立中学があり、その学校が、咲月に声を掛けてくれているのです。

　しかし咲月は驚くべき言葉を発しました。

〈私立には行かない。二中に行くから〉

　二中とは、家の学区内にある市立第二中学校です。

〈二中に？　どうして？　嫌な同級生と、また三年間一緒になるんだよ。ひょっとして、私立は

お金がかかるとか、気にしてない？〉

楽志は、怪訝（けげん）な表情で首を傾げています。咲月は楽志の質問には答えず、小さな声で〈ご飯できるまで勉強する〉と言うと、二階へ上がってしまいました。

「咲月さんは急に推薦入学の話を断るなんて言い出して、何があったのでしょう……」

レコ美が心配そうに呟きます。レコ美の中にはバドミントンのトップ選手たちの試合の映像がたくさん録画されています。だからレコ美は、咲月がどれだけ熱心にバドミントンに取り組んでいるか、ハードディスクがパンクしそうなぐらい強く感じているのです。

食卓では楽志が黙ったまま両手で髪の毛を搔きむしっています。

モノたちも、みんななぜだか分からず、黙ったままです。

〈ぼくがサッちゃんに我慢させてるのかな。せっかくバトミントンに熱中できる学校に行けるのに、意地悪してくる子たちがいる二中に行くなんて……〉

〈咲月は我慢してるわけじゃなくて、二中に行きたいんだってさ〉

灯里が楽志に事情を説明し始めました。

「ホンマかいな。サッちゃん、無理してへんかな」

テレ男が半信半疑の様子で呟きますが、タケルは「テレ男さん、灯里さんの話を聞きましょう」と宥めました。

〈同級生がどうとか関係なくて、二中もバドミントン部があるでしょう〉

市立第二中学校は公立中ながら、五年前に専門のコーチを招いて、今年は関東大会に手が届きそうになるほどの好成績を収めていると、灯里は言います。

〈来週、担任の先生と三者面談があるから、私立には行かないって、話をしようと思うの〉

進路の話をする大事な面談です。灯里が仕事を早退して、面談に臨むそうです。

〈サッちゃんには、面談の前にパパには自分で話をするように、私から言ったんだ〉

〈そうだったのか。ぼくのせいで嫌な思いをさせてしまって、それでもサッちゃんは、自分で道を見つけて選び取ったんだなあ……すごいと思うけど、複雑だなあ〉

楽志は頭をかかえて溜息を吐いています。

〈でも灯里さんのおかげでサッちゃんは道が開けたんだ。ぼくが暗くしてしまった道を……〉

灯里が〈あのね〉と少し語気を強めて遮りました。

〈楽志、それは違うと思うよ〉

〈いや、ぼくが悪い。心配だ〉

〈大丈夫。きっと楽志や私が思うよりも、サッちゃんは強くなってるんだよ。サッちゃんは私たち二人の子供だけど、全く別の一人の人間。自分で考えて、自分で決めたんだよ〉

モノたちは、灯里の話を固唾（かたず）を呑んで聞いています。

〈いろいろあったけれど、楽志は楽志の考え方でいいと思う。楽志が思っているほど、悪くはないんじゃないかな〉

「楽志よ、灯里の言う通り『悪くはない』と思うぞ。己に自信を持ち、咲月を信じるのじゃ」

時蔵爺さんが夜八時を知らせる鐘とともに、チーム・やおよろずのみんなが、ココロの声で日ノ出家のみんなにエールを送りました。

*

季節は巡り、咲月は小学校卒業の春を迎えた。

森の台小学校の卒業式は、全員マスク着用を条件として、四年ぶりに保護者や在校生も会場に入れて行われた。

当日の朝、咲月は、灯里と選んだ紺色のパンツスーツを着て卒業式に臨んだ。レンタルサービスで取り寄せたものだ。

式が始まる前、クラスメートたちはお互いの服装を褒め合ったり、男子は慣れないスーツ姿を笑い合ったりしている。袴や振袖などの晴れ着をまとった女子も多かった。

〈私のことお下がりちゃんとか言ってた人たちも、卒業式の服は結局レンタルじゃん〉

咲月は楽しく過ごした前半の三年間と、お下がりちゃんとかいうあだ名を付けられた後半の三年間を淡々と振り返っていた。

「それでは皆さん、廊下に整列して、体育館へ移動します」

担任の男性教師がパンと手を叩くと、皆が立ち上がって廊下へ出た。

一組から順番に、体育館に入場する。二組の咲月が入ってゆくと、楽志が中古のビデオカメラを片手で構えながら、ぶんぶんと手を振ってくる。楽志と灯里は、スーツ姿で通路から少し奥に入った場所に座っていた。

咲月は、灯里と目を合わせて微笑んだ。それから、楽志のカメラに向かって、小さく頷いた。変わった父親ではあるけれど、今はもう、恥ずかしいとは思わない。

モノに名前を付けて大切にすることも、中古の服を着ることも、初めは何もおかしいと思わなかった。クラスメートにからかわれるまでは、当たり前のことだったのだ。

式が終わると、卒業生たちは体育館からいったん教室に戻った。

六年生の教室前の廊下には袴やドレス姿の女子たちや、スーツ姿の男子たちがあふれ、卒業アルバムの最後の白いページにお互い、メッセージなどを書き合っている。

咲月はその間、教室の自分の席から外を眺め、時間が過ぎるのを待った。

早く帰ってバドミントンの練習に行きたい。みんなが六年間を振り返り、過去の思い出を語り合っているけれど、咲月はすぐにでも前に進みたかった。

男性の担任教師のお別れの言葉を、クラスメートはそれぞれ涙を流したり、ウケを狙って茶化したりしながら聞いていたが、咲月は右から左へ聞き流していた。

「では皆さん、森の台小学校で学んだことを胸に、楽しい中学校生活を送ってください」

担任教師のお別れの言葉がようやく終わり、咲月は早足で教室を出てトイレへと駆け込んだ。レンタルのスーツを脱ぎ、スーツカバー付きのハンガーに掛けた。それからバドミントンクラブのユニフォームに着替え、ジャージの上着を着た。

昇降口の前で保護者たちが待っていた。咲月は、母の姿を見つけると小さく手を振った。

「パパは店の勤務に入らないといけないから、先に帰ったよ。はい、ラケット」

「ありがとう」

咲月は、灯里からラケットを受け取り、替わりにスーツを灯里に手渡した。

「みんな記念写真とか撮ってるけど、サッちゃんは撮らなくていいの？」

「うん。撮らなくていい。スポーツセンターで自主練して、そのままクラブの練習に出る」

正門へ向かって灯里と一緒に歩き出した時、後ろから「日ノ出さん！」と呼び止める声がした。

咲月は思わず振り返った。

声をかけてきたのは、瑠香だった。いつもの取り巻きたちはいない。一人で咲月のところにやってきたのだ。華やかな振袖と袴で着飾っている。

母の前でまで嫌がらせをするつもりなのだろうか。咲月は無言のまま身構えた。

「卒業アルバムに……メッセージを書かせてくれないかな？」

「何を書いてくれるの？『お下がりちゃん、バイバイ』とか？」

咲月は訊き返した。瑠香は下を向いて黙り込み、首を横に振った。

「今まで本当にごめんなさい。言い訳にしかならないけど、日ノ出さんが羨ましかった」

「私のことが、羨ましかったって、どうして？」

「ちょっと変わってるけど面白いお父さんがいて、日ノ出さんのことを大切に思っている感じがするっていうか……。うちのパパは仕事とか飲み会とかゴルフで家にいなくて、あんまり話したりすることもなくて」

瑠香は端整な顔を少しゆがめて目に涙を溜めながら、ぽつりぽつりと話し出した。

「それに、日ノ出さんは『モノを大切にする』とか『バドミントンで強くなる』とか、はっきりした目標があって、それも羨ましいなあって思って……。私は、目標とか夢中になれることとか、持ったことがなくて」

謝られても咲月の心の傷は消えない。でも瑠香は話を続ける。

「羨ましかったから意地悪したくなった。そんなの、意地悪をしていい理由になんてならないし、卑怯なことだと分かってても、止められなかった。いつか意地悪を止めて絶対に謝らなきゃと思っていたのに、最後の最後になっちゃった……」

咲月は複雑な気持ちで、どう反応すればいいか分からず、戸惑った。

「あなたが、瑠香ちゃん？」

灯里が腰をかがめて、瑠香に目線を合わせて訊ねた。瑠香はハッとした表情になって「ごめんなさい！　ごめんなさい！」と灯里に謝りながら泣き出してしまった。

「よく話してくれたね。今までのことは咲月から聞いてるけど、咲月と瑠香ちゃんの間のことだから、私に謝らなくていい。咲月とちゃんと話してあげて」

灯里は諭すようにして瑠香の両肩に両手を添えた。

瑠香は真剣な眼差しで頷いて、咲月のほうへ向き直った。

「最後にどうしても謝りたかった」

「急に謝られても……。私、三年間もいやな思いしたんだよ」

「わかってる。許してもらえるなんて思ってない」

「うん、すぐには許せないよ。でも、瑠香ちゃんもいろいろ悩んでたんだね」

「え？」

「話してくれてありがとう。ここにメッセージ書いて」

咲月は卒業アルバムのメッセージ用のページを開いて、差し出した。瑠香はペンを持って、少しの間考えてから、ペンを動かした。

〈日ノ出さんのバドミントン、応援してるよ。二中でもよろしく！　るか〉

「今度、日ノ出さんのバドミントンの試合、私も観に行っていいかな」

「応援してくれるなら誰でも大歓迎だよ。応援は一人でも多いほうがいいから」

「ありがとう。それと、私のアルバムにも、何か書いてくれるかな」

瑠香はアルバムの最後のページを開いて、水色のペンを差し出してきた。

意地悪をされてきた瑠香の卒業アルバムに、何を書けばよいのだろう。今までのことを思い出しても、書く言葉が見つからない。だから咲月は、中学校に入ってからの未来を思い描いてみた。すると、ようやく言葉が思い浮かんだ。

〈二中での学校生活を楽しもう！　さつき〉

メッセージを書き込んで、瑠香に卒業アルバムを返した。瑠香は咲月のメッセージに目を落としながら「学校生活を……楽しむ……」と呟いた。

「瑠香ちゃんも、これから一緒に探そうよ。目標とか力んだ感じじゃなくて、好きなこととか、楽しいこととか。見つかったら教えて」

瑠香は「探そう」と呟いた。それから「私、楽しいこと探すよ！」と笑顔で言った。

「モノに名前を付けてみるのも、楽しいよ。うちの父親みたいに。少し変な父親だけど」

咲月と瑠香は笑い合った。

「じゃあ、バドミントンの練習があるから帰るね。また四月に中学校で」

小さな頃に、大学生のお姉さんたちから洗濯機との物々交換みたいな形でもらった、おもちゃのバドミントンセットとのめぐり逢いが、こんな風に今と繋がっている。

〈サッちゃん、モノにはね、魂があるんだよ！〉

咲月は胸の奥で、楽志の変てこな身振り手振りと大げさな声を思い浮かべた。中学に入ったら、大切なラケットにこっそりと名前を付けてみようかと思った。

終章　ありがとうに包まれて

十四歳の誕生日の朝、第二中学校の水色のジャージに着替えた咲月が、タケルの蓋を開けました。咲月はしゃもじで釜から炊き込みご飯をすくい、手際よく茶碗に盛ります。

「サッちゃん、十四歳おめでとう！」

モノたちは、ココロの声を合わせて叫びました。

〈おはよう、サッちゃん。今日も朝練？〉

咲月は楽志の問いには答えず〈おはよう〉と朝の挨拶だけは返しました。

第二中学校のバドミントン部は、名コーチの指導の下、厳しい練習を重ねていました。

二年生になった咲月は、春の大会でレギュラーに選ばれたのです。三年生に交じって、団体戦で活躍しています。今年は関東大会出場に向け、いよいよ勝負の年。

でもタケルは、咲月の成長を、あとどのぐらい見守っていられるか分かりませんでした。

〈サッちゃん、やっぱり、ご飯固くない？〉

先に朝ご飯を済ませていた灯里が、訊ねました。タケルはもどかしい気持ちでいっぱいでした。ここ最近、ご飯の炊き具合にムラが出ているからです。

〈別に。普通だよ〉

咲月はさっさと食べ終えて席を立ち、中学校のバッグを持ってリビングを出てゆきます。

〈タケルはもう十四年か……。さすがに、そろそろ寿命かな……〉

楽志が呟きました。ＩＨジャー炊飯器の寿命は本来、長くても十年ぐらいです。

「大丈夫よ、タケルちゃん。まあ最悪、また内側の釜を交換すればいいだけよ」

冷子が励ましの言葉を掛けてくれました。

「ありがとうございます。でも今度は内釜を変えて済む感じではなさそうです」

「タケルは俺より若いやろ？　何を弱気なこと言ってんねん」

「日ノ出家で十四年間ご飯を炊いてきました。味が落ちているのは自分が一番よく分かります」

炊飯器は、十年以内に買い換える家が多く、十四年は長く使い過ぎだともいえます。

〈なんだか、咲月は買い換えてほしくなさそうな感じだけど、どうだろう？〉

灯里がタケルの内釜の中を覗き込みながら言いました。

楽志が内釜を取り外し、外釜をじっと見つめます。モノを見極めるプロの目です。

〈外釜の底の温度センサーが劣化してると思う。これはもう、修理も難しいなあ……〉

「さすが楽志さん。見抜かれちゃいましたね。味の違いに灯里さんが気付き、機械のダメージを
楽志さんに発見されちゃいました。見事なコンビネーションですね」

〈タケルもこのまま仕事を続けるのはきっと不本意だと思う。近いうちに買い換えよう〉

買い換えを言い渡されたのに、タケルは楽志と分かり合えたような気持ちになりました。

〈タケル、ありがとう。君のおかげで今の仕事に出会えて、いい上司や同僚にも恵まれた〉

「ぼくも楽志さんのおかげでココロが宿って、楽しかったですよ。灯里さんやサッちゃんにも大切にしてもらえて、おまけにモノの仲間たちとココロを通じ合わせて仕事できて」

テレ男が「おまけには余計やろ」と、泣き笑いで言いました。

タケルは感謝の気持ちと、清々しい気持ちでいっぱいでした。

*

夏至も近づく梅雨の晴れ間の夜、六時半を過ぎているが、外はまだ薄明るい。

部活から帰った咲月はカギを開け、玄関のドアを開き、リビングに入った。楽志も灯里もまだ帰ってきていない。誰もいないことを確認し、食卓の椅子に座った。

ラケットを隣の椅子の背もたれに立てかけた途端、涙があふれてきた。

右肘の怪我で、来月の関東大会団体戦のメンバーから外れてしまったのだ。コーチは咲月のわずかな不調を鋭く見抜き、病院へ検査に行くよう言った。右肘の関節が炎症を起こしていると診断された。今は軽傷だが、無理をしたら悪化して、選手生命に関わると告げられた。

コーチからは、しっかり治すようにと、学校の近くにある腕利きの整体院を紹介された。無理をしてこの先バドミントンができなくなることを心配してくれたのだ。

一方で、顧問の先生の励ましの言葉が、逆に咲月の心を打ちのめした。日ノ出はまだ二年生だから次のチャンスもある。人生は長い。この先、大人になったらもっと辛いことが山ほどある。

悔しい経験が後々にきっと生きるなどと言われた。でも、次のチャンスなんて何の保証もない。必死に勝ち取った夏の関東大会進出、練習に明け暮れてつかんだレギュラーの座だ。

カギトラが膝の上に乗ってきた。条件反射のように、椅子の上であぐらをかくと、カギトラは丸くなって咲月の膝の上に座った。

「カギちゃん、私、怪我しちゃったんだ。メンバー外されちゃった」

咲月は涙をこぼしながら、カギトラに語り掛けた。

「顧問の先生は、日ノ出はまだ二年生だから次のチャンスがあるとか……人生は長いとか、この経験が後々にどうのこうのだとか色々言うけどさ……何の救いにもならないよね」

咲月は十四年しか生きていないのだ。人生は長くても、今は十四年が咲月の全てなのだ。

「二年生の夏の大会は一度きりだし、今が一番悔しいんだもん」

今日は間違いなく、今までの十四年の人生の中で一番悔しくて悲しくてたまらない。

誰もいないリビングで、咲月は赤子のように声を上げて泣いた。こんなに泣いたのは生まれて初めてかもしれないと思うぐらい泣いても泣いても、気持ちは収まらなかった。

すると、鐘の音が鳴った。泣きながら見上げると、時刻は六時四十分。まだ七時まで二十分もある。楽志が生まれた時から使っていた古時計だ。とうとう壊れたのか。

いや、違う。この部屋全体の様子が明らかにおかしい。ハードディスクレコーダーが起動し、テレビの画面がつき、子供向けの番組が映し出された。小さな頃から消さずに残っていた『ニャンニャンのぴょんぴょん体操』が流れている。

〈みんなでぴょんぴょん、みんなでぴょんぴょん〉

　咲月は、泣き過ぎて幻が見えているのかと思った。でも確かに、子供向け番組が、テレ男の画面から流れている。冷子の扉が開いては閉まり、タケルのタイマー音がピーピーと鳴り、時蔵爺さんの鐘の音は鳴り続けている。

　そして、あちこちから自分を呼ぶ声が聞こえる。しかも耳からではなく、直接心のずっと奥のほうに飛び込んでくるような、そんな声だ。

〈サッちゃん、ニャンニャンやで！　ぴょんぴょんして、お手てパンパンやで〉

〈咲月、ワシらはいつでも咲月の味方じゃ。悔しかったら泣いてもいいのじゃ〉

〈咲月、やりたいようにやるのが一番だにゃ〉

〈サッちゃんの好きなアップルジュースがよく冷えてるわよ〉

〈サッちゃん、健康第一だよ。悲しい時こそ、ご飯はしっかり食べよう！〉

　まるでホラー映画の怪奇現象のようだ。モノが勝手に動いたりする現象。前に楽志と灯里が話していたのを聞いたことがある。確か「ポルターガイスト」とか言っていた。

　でも、なぜだろう。怖くない。むしろとても温かい気持ちに包まれる。

　きっと私はこの声を知っている。

　咲月は涙を拭って、勝手に動き出しているモノたちの様子を見回した。

　カギトラが咲月の膝の上から足下にぴょんと飛び降り、それからキッチンワゴンの上に飛び乗った。直感的にカギトラの意図を察した咲月は、キッチンワゴンを押した。

「カギちゃんはいかがですかー。こんなに可愛い猫ちゃんが、ゼロ円ですよー」

小声で言いながら、リビングを移動した。小さい頃、これをやると楽志も灯里も喜んだ。

今、誰もいないはずの部屋の中、たくさんの笑い声が確かに聞こえた。

その笑い声に釣られて、咲月もキッチンワゴンを押しながら笑った。

「うちって、変な家だね。ああ、おかしい」

そこへ、玄関の扉が開く音が聞こえた。店の早番だった楽志が、仕事から帰ってきた。

「ただいま……」とリビングに入ってきた楽志は、声にも表情にも覇気がない。

楽志は気付いているだろうか。モノたちが生き物のように動き出している様が。

「見て！　あのさ……」

言いかけて咲月は口をつぐんだ。そしてリビングやキッチンを見回した。

さっきまで動いていたはずのモノたちは、もう静まり返っていた。

楽志はなにやら意気消沈している。咲月は「どうしたの」と、素っ気ない口調で訊いた。

「つきみ坂店が……来月、閉店することになった」。

すぐ近くにできた大型ディスカウントショップに、客を取られてしまったらしい。

「せっかくいい店になってきたと思ったのに……」

楽志は深い溜息を吐いた。だが確か、自分が生まれる直前は、もっとひどい目に遭っていたと聞いたことがある。前の会社でリストラされた。でも、そのおかげで、今の仕事に出会えた。自分はいつも運がいい。パパは人に恵まれているのだと。

「うーん、悔しい……ああ、悔しい！」

楽志は食卓の椅子に座ると、両手で髪の毛を掻きむしっている。まるで子供みたいだ。でも咲月はふと思った。楽志も今、四十五年の中で一番悔しいのかもしれない。リストラされた時よりマシだろうなんて言っても、励ましにはならない。

「自分はいつも運がいいって言ってるよね？　だから今回も、大丈夫なんじゃないの？」

絶望的な顔で沈む楽志に言った。

「モノを大切にし続けてこの仕事に出会えた、自分はずっと人には恵まれてるから、仕事もやっていけてるって言ってるじゃん。だったらこの先も大丈夫なんじゃないの」

「まあ、確かにそうだ……。くよくよしてちゃいけないとは思ってるんだけど」

「いや、くよくよしてもいいんじゃない？　その悔しさを次にぶつけられるかもしれない」

咲月は自分にも言い聞かせていた。モノたちが咲月の悔しい思いを受け止めてくれた時の安堵感と、掛けてくれた言葉の温かさを胸に、自分と楽志の両方に言い聞かせた。

「何をやってもダメだったぼくが、モノを大切にすることを信じ続けて、自分に合った仕事に出会えて、今の店もすごくいい店になって、これからだと思っていたのに」

楽志は両手で頭を抱え、涙を流している。

その時……。時蔵爺さんの鐘がまた鳴り始めた。時刻はまだ六時五十分だ。続いてタケルのブザー音が鳴り響き、冷子のドアがバタンバタンと音を立てている。テレ男とレコ美も勝手に起動して『好きトーク』のリサイクルショップ大好き芸人の録画を映し出した。楽志は人生の転機になったこの番組の録画を残しておいたのだ。

楽志は勝手に録画が流れるのを、呆然（ぼうぜん）と見ていた。

「サッちゃん、見えてる？　なんだろう、これ」

咲月は「見えてる」と頷いた。

〈楽志さんがぼくたちに名前とココロをくれたんですよ。大切に手入れしてくれたおかげで、十四年も活躍できました〉

〈楽志、もう一度やったれ！　リベンジや！〉

〈親子そろって世話が焼けるにゃあ。にゃんとかにゃるさ〉

〈楽志さん、私たちも付いてるわよ〉

〈楽志よ、お前はお前なりに成長しとる。小さな頃から見とるワシが言うから大丈夫じゃ〉

みんなの声が聞こえる。楽志にも聞こえているようだ。

「みんなが動いてる……。それに、声も聞こえる……」

楽志は、はらはらと涙を流して「奇跡だ」と泣き笑いになって呟いた。

「奇跡じゃないよ。私は小さい頃、確かにみんなの声を聞いたことがある」

「本当に……？　なんで教えてくれなかったの？」

「物心が付くか付かないかの小さい頃だったから、心の底にずっと眠ってて、ついさっきブワーッと思い出した。声が聞こえたのは、いつも泣いている時だったような気がする」

みんなの声が聞こえた後、テレ男が音頭を取って、楽志コールの大合唱が沸き起こった。

〈た・の・し！　た・の・し！〉

「やっぱり、モノたちには魂があるんだね。もしかしたら、私たちにしか見えないかもしれないし、聞こえないのかもしれない。でも確かに今、みんなが励ましてくれてる」

「みんな、ありがとう！　なんだか分からないけど、大丈夫な気がしてきた！」

楽志は部屋中のモノたちに大きく手を振って笑顔で答えた。

すると、モノたちは一斉にピタリと動かなくなった。

「あれ？　もっとみんなと話したかったのに、なんで静かになっちゃうの？」

「きっと、私たちが泣き止んで元気になると、みんな安心して元に戻るんじゃないかな。ついさっきもそうだった」

咲月はうっかり口にしてから「しまった」と思った。

「ついさっきも、ということは……サッちゃんも、ぼくが帰ってくる前に泣いてたの？」

「……肘の怪我をコーチに見抜かれて、次の関東大会でメンバーから外された」

楽志は一瞬口ごもってから「ごめん！」と頭を下げた。

「サッちゃんにそんな辛いことがあったことも知らずに、ぼくの弱音ばかり聞かせて……」

「いいよ。父親として、私と一緒に成長するんだって、言ってたじゃん」

楽志は事あるごとに咲月に言っていた。サッちゃんと一緒に自分も成長するのだと。

「人に恵まれてきたんでしょう。なら大丈夫。あとは……モノたちにも恵まれて、守られてる」

咲月は、そして楽志も、今日のことは一生忘れないだろう。これは、モノには魂があると信じ続けてきた父とその娘に、モノたちがくれた奇跡のエールなのだと咲月は思った。

「今日のことは、内緒にしておいたほうがいい気がするんだけど、どうかな」

「賛成。そもそも、他の人に話したって、なかなか信じてもらえなさそうだし」

「珍しく意見が合ったね。じゃあ、そういうことで」

照れ隠しに憎まれ口を叩いたその時、咲月のお腹がぐーっと鳴った。

「そうだ、ご飯炊かなきゃ」

今日は咲月がご飯当番の日だ。どんなに辛いことがあっても、お腹は空く。

「それに今日は、タケルとの『最後の晩餐』だよ」

咲月は久しぶりに彼の名前を口にした。楽志がはっとしたように顔を上げた。タケルは今日で日ノ出家の炊飯器を引退する。今日はタケルで炊いたご飯を食べる最後の日だ。

咲月は「タケル、ありがとう。おつかれさま」と言って、蓋を開け、内釜を取り出した。米を内釜に入れ、水で何度か丁寧に研いでは研ぎ汁を捨てる。それから、内釜を外釜にはめ込んで鶏五目炊き込みご飯の素を入れ、炊飯ボタンを押した。

「最後はやっぱり、炊き込みご飯にする。タケルに、極うまモードで炊いてもらおう」

咲月は自分の右手の甲にある小さな傷跡に触れた。皮膚が周りより少し白くなっている。初めて自分でご飯をよそえた日、釜の縁に触れて小さな火傷を負ったのだった。

「タケルもみんなも、さっきは応援してくれてありがとう」

咲月はタケルと他のモノたちに語り掛けながら、力を込めて炊飯ボタンを押した。

色々なことを思い出す。母に教わり、初めて米を研いでご飯を炊いた日のこと、自分で炊いたご飯がより一層美味しく感じたこと、父が何度か張り切ってカレーを作った後に炊飯ボタンを押し忘れていたと気付いて大騒ぎしたこと。

タケルとの思い出が次々と蘇ってくるのだった。

＊

「美味しくなれ、美味しくなれ、美味しくなれ……」

タケルは極うまモードでご飯を蒸らしています。極うまモードは炊飯器にとってプライドをかけた最高の仕事です。最後の気力を振り絞り、底知れぬ力が湧いてきます。

「大丈夫か？　しんどかったら、スカイツリー様からの電波の力も分けたろうか」

「ふーーーーーっ！」

タケルはご飯を蒸らし終えると、頭の穴から渾身の力で水蒸気を吹き出します。タケル最後の炊き込みご飯の完成です。蒸気穴から、できるだけ優しく鶏肉やキノコやゴボウの香りを漂わせ、日ノ出家のみんなの鼻をくすぐります。

「ええ具合に炊けたか？」

「はい……いまのぼくのベストは尽くしました」

タケルが呟くと、カギトラが「美味そうな匂いだにゃ」と鼻をクンクン鳴らしました。

「あ、カギトラさんも、ぼくの最後の炊き込みご飯、食べますか」

「米はいらにゃい。猫にご飯は合わにゃいから遠慮しとくにゃ」

テレ男が「カギやん、それ言うなら『猫に小判』やで」とツッコみ、みんな笑いました。

「それにしても、びっくりしましたよ、みんな一斉に動き出すんですから」

「ホンマやな。他のみんなも、ひそかに自力作動の練習を重ねとったんやなあ」

これまで自力作動で動けたことがあったのは、タケルとテレ男とレコ美だけでした。

今夜初めて、みんなが一斉に、咲月と楽志を励ましたい一心で動いたのです。

タケルは最後の夜に小さな奇跡に立ち合い、自分もその奇跡の一部になりました。

ほんの少しの間だけ、自分たちのココロの声が咲月と楽志に届いたのです。

「時蔵爺さんもこっそり自力作動の修行しとったんか。抜け目ないなあ」

テレ男が時蔵爺さんを冷やかします。

「ワシはただ、非常事態への備えとして身に付けておったのじゃ」

声を上げて泣く咲月の姿を見て、時蔵爺さんが「皆よ、自らの力で動け！　ココロの声で叫べ！」と呼び掛け、先頭を切って動き出したのです。

「家康公がおっしゃっておったろう。モノが勝手に動き出すなどけしからんことじゃが『ただし持ち主が本当に危機を迎えた時を除く』と。決まり事には例外があるのじゃ」

確かに、咲月にも楽志にも、今日という日は明らかに非常事態でした。

「タケル直伝の自力作動の術が、報われたな。ホンマによかった」

「楽志さんまで『店が閉店だー』って泣き出した時にはびっくりしましたけどね」

今は咲月も楽志も、あんなに泣いたのが嘘のように、元気にご飯を食べています。

〈サッちゃん、タケルの最後のご飯は、白いご飯じゃなくてよかったの？〉

楽志がたずねると、咲月は大きく頷きました。

〈やっぱり、最後は炊き込みご飯がいいかなと思った〉

タケルは、初めて咲月がおかゆを食べた日のことを思い出しました。それから普通のご飯を食べるようになり、三歳の時に初めて食べた炊き込みご飯をとても気に入って、小さな茶碗でおかわりした日のことも、忘れられません。

その時、どこからともなく重々しい声が聞こえてきました。

《そなたたち、我の声が聞こえるか》

「にゃにゃ。この声はあいつだにゃ。偉そうなやつだにゃ」

きょろきょろと宙を見回すカギトラを、時蔵爺さんが「やめんか！」と一喝します。

「家康公、この度は大変申し訳ございません。すべてはこのわたくしの責任ですじゃ」

《何を詫びておるのか。我は何も見ておらん》

家康公の言葉に、テレ男が「見とったのバレバレや」と小声でツッコみます。

「ははーっ、ありがたき幸せにございます」

冷子が「時蔵爺さん、時代劇の見過ぎだわ」と笑いました。

《最後に、炊飯器のタケルよ。長年の勤め、大儀であった》

「ありがとうございます、家康公」

家の守り神から労いの言葉をもらい、タケルは素直にお礼を言いました。

咲月はご飯を食べ終えると、タケルの内釜を洗い、外側もきれいに磨きました。

楽志はタケルを食卓の上に乗せると名残惜しそうに、でも笑顔で写真を撮り、市の専用の粗大ゴミシールを貼りました。

それから咲月が、リビングのカーペットの真ん中にタケルを下ろしてくれました。

まるで、今まで見たことのない景色をタケルに見せてくれるかのように。

「サッちゃん、ぼく本当はね、前にも自分で炊飯ボタンを押して動いたんだよ」

タケルはココロの声で囁きました。咲月にはもう聞こえません。テレ男が「最後にもういっぺん、自力作動してみたらどうや」とけしかけます。

「電気コードに繋がれていないので、無理ですよ。それにもう、力が入らないんです」

役目を終えるとは、こういうことなのかと、タケルは今更ながら感じるのです。

何はともあれ、リビングの真ん中から、モノたちに最後の挨拶ができます。

粗大ゴミシールを「勲章だ」と言って去って行ったラジ郎のことを思い出しました。

「このシールは、ぼくの十四年間の勲章です。自分なりに毎日、一生懸命ご飯を炊いてきました。ありがとうございました」

タケルはみんなに向かって高らかに宣言し、お礼の挨拶をしました。

カギトラがすたすたと近づいてきます。

「タケル、上に乗っかってもいいかにゃ」

何年か前、寒い日に乗っかってきたカギトラを、タケルは叱りつけてしまったのでした。

「カギトラさん、今は夏ですよ」

「一度タケルの上に乗っかってくつろぎたいだけにゃ」

「どうぞ。もうご飯に毛が入る心配はないので」

カギトラはタケルの上に乗り、腹ばいになって座りました。

「いい座り心地だにゃ」

頭の蓋の上にカギトラのお腹がぴたりとくっ付いて、身も心も温かくなってきます。

ちょうどそんな時に、テレ男の画面で天気予報が始まりました。

「カギトラさん、テレ男さんといつものあれをやってくれませんか？」

タケルは頭の上のカギトラにお願いしました。

「おお、カギやん。そういえば最近、パシパシやっとらんかったなあ」

「俺も十七歳。もう歳だにゃ」

そう言いつつ、カギトラはタケルから下りてテレ男に駆け寄ります。「よっこらせ」とテレビ台の上に飛び乗りました。若い頃のように軽やかではありません。

テレ男が「ホンマに歳やな」と冷やかします。それでもカギトラは、気象予報士が動かす指示棒の先を素早く目で追い、パシッ、パシッと叩きました。

〈カギちゃんが久しぶりにパシパシやってる〉

その様子を見て、楽志も灯里も咲月も、みんな笑いました。

「そう、そう、みんなで明るく送り出してください。ラジ郎さんやソラちゃんの時みたいに、炊飯器の歌はないんですか？」

タケルが言うと、レコ美が「テレ男さん、何かございませんか？」と訊ねます。

テレ男はカギトラに画面をパシパシと叩かれながら考えました。

「うーん……ご飯の歌ならあるで。あそーれ『おむすびころりん、すっとんとん』」

テレ男が唄い出すと、みんなも、続いて大合唱しました。タケルは楽しくなって、途中で『炊飯器もころりん、すっとんとん』と替え歌にしてしまいました。

「タケル、よう頑張ったな。生まれ変わったら何になりたい」

テレ男の問い掛けに、タケルは迷わず答えました。

「もちろん、炊飯器です」

＊

咲月は今朝、新しい炊飯器で炊いたご飯を食べた。

タケルで炊いたご飯は、昨日の晩ご飯が最後だ。なんとなく「最後の晩餐」ということで晩ご飯がふさわしい気がしていたので、これでよかったのだと思う。

咲月は昨夜の出来事を、生涯忘れないだろう。そして誰にも言わず、楽志との秘密として、胸の奥にしまっておこうと思った。モノたちとの秘密の約束のような気がしたのだ。

優しくて温かなポルターガイスト現象だった。

自分はモノたちに見守られながら育ってきたのだとはっきり確信した。

今日もバドミントン部の朝練に参加する。怪我で大会のメンバーから外れたが、体育館の掃除、用具の準備や片付けなど、チームの力になろうと決めた。そして必ず怪我を直してレギュラーの座を取り返し、地区大会を勝ち進み、都大会や関東大会に出るのだ。中学校のジャージに着替えた咲月は、肩にバッグをかけ、玄関に置いてあるタケルを両手で抱きかかえた。

「行ってきます。タケルは私がお見送りしていい？」

洗面所で顔を洗っていた楽志が、どたどたと玄関まで走ってきた。

「タケル、おつかれさま」

楽志は笑顔でお別れの挨拶をすると、何かを思い出したように「あ、そうだ」と呟いた。

「灯里さーん、タケルとサッちゃんと一緒に写真撮ろう」

灯里が「はい、はい」と廊下に小走りで出てきた。

楽志は下駄箱の上にスマ次郎を立てかけ、セルフタイマーをセットした。

タケルを両手で大事に抱える咲月の左右に、楽志と灯里が立った。

「あ、カギちゃんも一緒に写ろうよ」

咲月が動いた瞬間、シャッターが切られる音がした。何年か前にも、同じようなことをして写真を撮り直したことを思い出す。

楽志が「そうだね」とリビングにいたカギトラを抱きかかえて戻ってきた。

もう一度、気を取り直して、写真を撮り直す。すまし顔のカギトラはカメラ目線だった。楽志も灯里も、そして咲月も笑っていた。タケルもきっと、笑っていると思った。

咲月はタケルを抱えて家を出ると、すぐ近くのゴミ集積所の脇にしゃがみ、そっとタケルを置いた。手を離した瞬間、少し胸の奥が締め付けられ、目の裏側に熱いものが込み上げてきた。

その時、前に楽志が言っていたことを、ふと思い出した。

〈大切にしてきたモノとお別れするのは寂しいけれど、悲しいことではないんだよ〉

そうだ、自転車のソラちゃんとお別れした時のことだ。

ありがとうでお別れをしよう。咲月はしゃがんだままタケルに顔を近付けて語り掛けた。

「タケル、頑張ったね。ありがとう」

この炊飯器は、世界中のどの炊飯器とも違う。咲月が生まれた時からずっと長い間一緒に暮らし、毎日、毎日、美味しいご飯を炊いてくれた、タケルという名の炊飯器なのだ。

「おはよう」

後ろから声を掛けられた。ジャージ姿の瑠香だった。瑠香は陸上部に入って、長距離走の選手として大活躍している。彼女も楽しいこと、夢中になれることを見つけたのだ。

「タケルって、この炊飯器のこと？」

瑠香と同級生たちが三人、笑顔でしゃがみこむ。

「そうだよ、タケルっていう名前なの」

咲月は笑顔で答えた。

＊

夏の早朝、日陰のコンクリートの上はひんやりとしています。咲月とのお別れの途中で、友達らしき女の子たちがやってきて、咲月と一緒にしゃがみこんで話をしています。

〈タケルって、この炊飯器のこと？〉

同級生らしきジャージ姿の女の子が不思議そうな顔をしています。

〈そうだよ。タケルっていう名前なの〉

友達の一人が〈咲月のパパ、リサイクルショップの店長さんなんだよ〉と、なんだか自分のことみたいに誇らしげに言いました。

〈そうだよ。ちょっと変な人だけど、仕事はすごく頑張ってるよ。炊飯器のタケルは、私が赤ちゃんの時からずっと、十四年間ご飯を炊いてくれたんだ〉

十四年前、咲月はタケルの大きさとほとんど変わらない、小さな小さな赤ちゃんでした。

あんなに小さかったサッちゃん。タケルが炊いたご飯で作ったおかゆを小さな口で一生懸命に食べていたサッちゃん。ご飯をよそう時に火傷して泣いていたサッちゃん。炊き込みご飯が大好きだったサッちゃん。「これはタケルじゃなくてただの炊飯器だ」と楽志に反抗したサッちゃん。

そして最後にタケルたちの声に応えてくれたサッちゃん。

すっかりお姉さんになったんだね。

タケルのココロにたくさんの思い出が走馬灯のように駆け巡ります。

毎日ぼくが炊いたご飯を食べて、こんなに大きくなったんだ。タケルは自分が炊飯器としての仕事をやり切ったのだと思えました。

しゃがんでいた咲月が〈じゃあ、行くね〉と優しく言って立ち上がりました。

「サッちゃん！」

タケルは思わず呼び掛けました。

「元気でね！　楽志さんと灯里さんと、元気に暮らしてね！」

最後まで変わらない。聞こえないと分かっていても、つい声援を送ってしまう。その時、咲月が立ち止まって、こちらを振り返りました。友達に「先に行ってて」と声を掛け、こちらに戻ってきます。

咲月はバッグの中から水色のマジックペンを取り出しました。そして、タケルの頭の上の粗大ゴミのシールが貼られたあたりに、何かを書きつけました。

〈元気で頑張るからね〉

咲月は笑顔でタケルの頭をなで、小走りで先を歩く友達のほうへと駆けてゆきました。

シールに咲月がどんな言葉を書いて行ったのか、自分では見えません。

しばらく経つと、灯里が家から出てきました。その後に、楽志も小走りで出てきます。

二人はタケルの前で足を止め、しゃがみました。

「お願い、灯里さん、楽志さん！　サッちゃんのメッセージ、読んで！」

〈サッちゃんの字だわ〉

灯里がタケルの蓋に貼られた粗大ゴミシールを覗き込み、楽志が読み上げました。

〈あ、り、が、と、う、タ、ケ、ル〉

楽志と灯里が顔を見合わせ、微笑みました。タケルは十四年間、一生懸命ご飯を炊いてきて本当によかったと思いました。

〈サッちゃんの大好きな水色で『ありがとう、タケル』って書いてあるよ〉

楽志はタケルの頭の上にそっと両手を乗せて、伝えてくれました。

「ぼくのほうこそ、ありがとう。楽志さん、灯里さん、サッちゃん、チーム・やおよろずのみんな……ありがとう……」

なんだかココロがポカポカ温まって急に眠くなってしまい、元々あるはずのなかった意識が、だんだんと遠のいてゆきます。

タケルは日ノ出家の炊飯器でした。タケルはとても幸せでした。

装画　ながしまひろみ
装幀　中央公論新社デザイン室

本書は書き下ろしです。

安藤祐介

1977年生まれ。福岡県出身。2007年『被取締役新入社員』でTBS・講談社第1回ドラマ原作大賞を受賞。同書は森山未來主演でドラマ化され、話題を呼んだ。他の著書に『本のエンドロール』『崖っぷち芸人、会社を救う』『選ばれない人』『仕事のためには生きてない』などがある。

日ノ出家（ひのでけ）のやおよろず

2025年2月25日　初版発行

著　者　安藤 祐介（あんどう ゆうすけ）

発行者　安部 順一

発行所　中央公論新社
〒100-8152　東京都千代田区大手町1-7-1
電話　販売 03-5299-1730　編集 03-5299-1740
URL https://www.chuko.co.jp/

ＤＴＰ　嵐下英治
印　刷　ＴＯＰＰＡＮクロレ
製　本　大口製本印刷

Published by CHUOKORON-SHINSHA, INC.
Printed in Japan　ISBN978-4-12-005887-5 C0093

あたしとママのファイトな日常

山本幸久

人間関係、将来への不安
——全部まとめて打つべし、打つべし！

小学四年生の風花は「ムカつく男子を一発殴りたい」というよこしまな動機でボクシングを始めるが、徐々にその面白さにのめり込む。そんな娘のひたむきさが頑なだった母・陽菜子の心を変え、周りのみんなにも影響を与えていく。成長する母と娘のハートウォーミングストーリー。

中公文庫

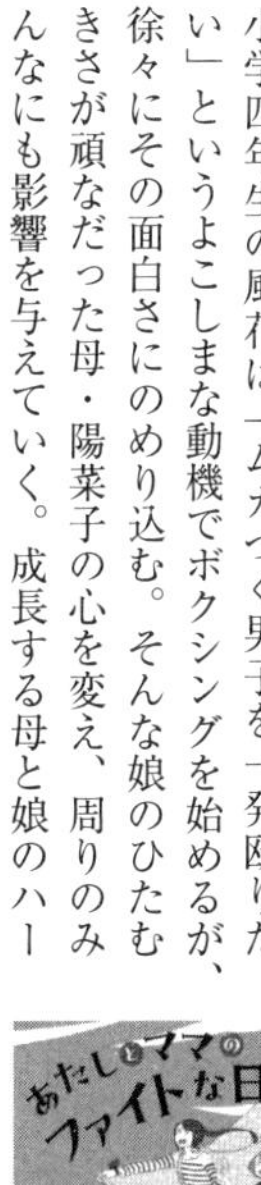